沒有最好的季節，

轉個念一切都是剛剛好

林永勝

人生是一張有去無回的單程車票，
所聞所見的沿途風景，
是不能從頭、沒有彩排的現場直播。
春日的百花盛放、仲夏的翠綠成蔭、
清秋的寫意蕭瑟、冷冬的小雪飛揚，
四季更迭流逝裡……
或許結伴同行、偶爾獨自欣賞。
列車依然前進著，打開札記，
我用文字記錄下感動的每一刻。

目次

輯一——起點

輯二——再出發

輯三——紀念品

輯四——下一站

後記

沒有最好的季節，

轉個念

一切都是剛剛好

輯一

起點

兒時的校外教學、長大後穿越高空白雲的海外旅行，或近或遠，家，永遠是出發與歸來的起點。

最美的風景

「由布院之森」，九州最受歡迎的觀光列車。

清晨博多車站的月台上，大家都興高采烈地與列車合照。接近發車的前一刻，駕駛艙前依舊是長長一列等待合影的人龍，直到站務員的登車廣播聲響起，才匆忙地跳上車廂。列車一開動，乘務員仔細地介紹著車上的各項設施及沿途風景，乘客們又迫不及待地拿出各式精美的鐵路便當來拍照。每個人都難掩心中興奮的情緒，沉浸在自己的世界裡，對於乘務員的解說，並沒有太多人在意。

勝過窗外美景的一幕

緩緩前進的車廂中，右邊鄰座的一對夫妻帶著孩子安靜地看著窗外的風景。年輕的媽媽拿出紙袋裡的冰淇淋，三個人一邊吃著冰淇淋、一邊討論著由布院之森與各號列車的差異和行駛時間。吃完冰淇淋後，媽媽仔細地將冰淇淋的紙杯收疊好又放進了紙袋裡。

爸爸從背包裡拿出一張地圖，攤平在小桌上，一家三口湊近看著密密麻麻的路線。孩子開心地站了起來，指著地圖上的線條，討論起今天列車的行車路線。突然傳來興奮的一句：「啊，我知道了！」順著聲音望去，看見鄰座的孩子轉身從座位上的背包裡拿出一本小筆記本，隱約看到筆記上的線條和歪斜的字體，一家人熱烈地討論這幾天搭過的各種列車型號及所走過的路線。

孩子是個鐵道迷，每當講到自己喜歡的列車，聲音總是不自覺地提高音量，眼睛裡也散發著一股光芒。拿著筆在筆記本上書寫著爸爸跟他分享的各種關於鐵道知識。

列車一路行駛，從城市到曠野，窗外的景色也從水泥叢林變成了綠意蒼蒼的群木山林，行經過一處瀑布時，列車刻意放慢了速度，乘務員拿起了麥克風提醒乘客往右邊的方向望去。乘客紛紛起身靠向右邊的車窗，更多的人早已提前準備好了手機，打算記錄下這片美好的風景。右座的媽媽輕輕地抱起孩子坐在自己的大腿上，一家三口緊緊地靠在一起看著窗外的風景。

又過了一段時間，乘務員的聲音再次響起：「等一下列車的左前方會經過一所小學，如果有看到在操場上的小朋友，請大家熱情地對他們揮揮手。」所有的人又再度拿起手機對準了左方的車窗。右座的媽媽示意孩子站在座位上就好，爸爸則微笑地伸出手摸摸孩子的頭。

看著車廂內的乘客，舉起手機隨著乘務員的導引忽左忽右的奔忙，再對比右座溫馨的一家三口安靜地坐在座位上，沉浸在三個人的小小世界裡，是多麼溫馨又幸福啊。

這段在家人陪伴下一起經歷的旅程或許短暫，也或許多年後未必能再憶起今天所看過的畫面，但相信這樣的情境必將帶給孩子一生的溫暖。

陪伴，最簡單卻最珍貴

網路上經常看到一句話：「幸福的人用童年治癒一生，不幸的人用一生治癒童年。」幼年的經歷對一個人的人格發展有著相對性的影響。在快樂的環境中成長的孩子，長大後能將快樂傳遞給更多的人；在批評中成長，也將帶著自卑的心在一生中不斷地踩踏他人；而身處暴力的環境，成年後恐將無法理解什麼叫做尊重。**如何為孩子創造一個足以療癒一生的童年，便成為父母教育環節最重要的第一課。**

我們都是在成為父母後，才學習如何當父母。但每個家庭的環境不同、條件不同，即使是同一個家庭裡出生的孩子，個性上也可能有著天壤之別，對於親子的教育卻不能像科學實驗般有精準的數據可以參考。

誰都不願自己的小孩輸在起跑點，但真正的起跑點應該是從幼年陪伴開始，而非在人生的十字路口才告訴他們該怎麼轉彎，用自己的價值觀來判斷好壞，用大人的視野來告訴孩子什麼才是你們需要的。而忽略了應該一起停下腳步，陪伴傾聽他們真正想要的。事無絕對，誰也不敢保證，我們此刻認為正確的答題方式，就足以提供孩子解答一生所將遭遇的難題。

不管走到哪裡，時常能看到科技育兒的家長。在餐廳裡怕孩子吵鬧，就在桌前擺上一台平板電腦，在咖啡廳裡怕孩子坐不住，也丟給他們一台手機；一群大人開心地聊天，一票孩子則是沉浸在螢幕的世界裡。這樣的科技冷漠似乎慢慢成為了大多數人生活之中的常態。長此以往，親子之間的距離將會愈來愈大，這個小小世界也將變得愈加冰冷。

著名心理學家哈利・哈洛（Harry F. Harlow）曾經利用恆河猴做過一連串的實驗，得出的結論之一是：愛源於接觸而非物質。母愛的本質並非單純地滿足孩子的飢餓、乾渴，它的核心是接觸性的關懷。而虛擬代母養育長大的猴子不僅無法融入猴群，還對同伴產生極大的敵意與攻擊性，甚至失去繁殖和養育後代的意願與能力。而且一旦錯過建立情感紐帶的關鍵時期，便無法再次產生連結，所造成的傷害也將無法彌補。

「有空多陪陪孩子」，這個道理人人都懂，但成年人的生活節奏太過快速與忙碌，能給予陪伴的時間愈來愈少，許多人期望用物質來填滿或彌補自己的虧欠，然而給得愈多卻可能將孩子推得更遠。陪伴很重要，看似最簡單卻也最容易被忽略。

列車緩緩駛入由布院車站，小男孩的爸爸收起手上的地圖，媽媽也叮囑小男孩不要忘記將手上的筆記本收入背包，三個人一起慢慢地起身，隨著人群走下列車。小男孩開心地站在寫著由布院車站的站牌前拍照，然後指著身旁的列車說：「我還要和爸爸在列車前再拍一張，貼在我的筆記本上。」由布院的風景很美，美到讓各地的人都願意不辭其遠的特意到訪。但是對我來說，眼前的這一幕，更勝那些遠山近水、藍天白雲所構築的畫面。

最美的風景不一定在很遠的地方，擁有再多的物質也未必能獲得更多的幸福。

隨著年紀漸長，走過的風景也愈來愈多，但小時候坐在爸爸燙手的機車油箱上，騎過的那些尋常街道，卻深刻得勝過每一處風光名勝；在機車上迎面吹來的風沙，似乎也比那在山頂吹過的風還清涼。

多年前的一天傍晚，當我兒子因為看卡通而拒絕了阿公例行每日騎機車載他兜風的邀請時，我看到爸爸牽著機車時的表情，從期待的笑容變成些許失落。我跳上了後座，「孫子不坐，我坐啊。」爸爸愣了一下，笑著騎上了機車。我摟緊爸爸的腰一起往田埂裡騎去。「不可以隨便應付喔，載孫子騎多遠就要載我騎多遠。」

四歲時，坐在爸爸的機車前座吹風是一件快樂的事，四十歲時還能坐在爸爸的機車後座，讓爸爸為自己擋風更是一件無比幸福的事。從兒時那股爸爸手臂圈在我胸前的力道，到現在換成從爸爸背後透到我胸前的體溫，是能夠讓我溫暖一輩子的溫度。

NO MORI

雜貨店

老爺爺拿著一支小小的彩色布旗從屋裡走了出來，將旗子插在門口右側的旗座上，老婆婆也跟在他的身後走到門外，伸起微顫的右手指了指旗子，老爺爺伸手將旗面撐開，看了一下，又將整座旗子往右移了一步，老婆婆點了點頭，隨即兩人便轉身走進雜貨店裡。

等待號誌切換綠燈的十字路口前，遇見轉角在地雜貨店的這一幕，看著儀表板上閃爍的數字時鐘，距離約定前往波佐見觀光會館的時間還有一點空檔，一時興起打了左轉方向燈，掉轉車子停在店門前的停車格。

走進雜貨店，婆婆正彎著腰專心地整理貨架上的各式零食。整間店擺滿了玩具、氣球、卡牌、貼紙，上百種包裝鮮豔的餅乾、糖果、麵包，牆上掛著的各式面具，一旁的冰箱裡還有大大小小各種瓶裝及鋁箔包的飲料和冰棒……種類之多、品項之盛，特別是那些琳瑯滿目的商品，竟陳列得猶如國慶閱兵行列般整齊，實在令人吃驚；陳列架更是擦拭得一塵不染。

我拿起一包餅乾看得出神，突然聽到一句，「是不是想起了小時候那些甜美幸福的回憶。」一轉頭才發現，或許是因為我看得太認真，不知道什麼時候老爺爺已經走到我的身邊。

「是啊，這裡簡直是小朋友的天堂，在我住的城市還沒有見過這麼整齊的雜貨店。」

「因為這裡有個嚴厲的老闆娘，她就怕孩子們找不到自己想要的東西，整理貨品就沒停過……」

爺爺笑了笑，舉起右手，伸出食指，背著身在胸前指了指身後正在整理著零食堆的婆婆，話還沒說完，靠近門口的陳列架掉下來幾包小餅乾。婆婆立刻走上前，小心地撿起掉在地上的餅乾，輕輕地用手上的布在餅乾袋上擦了擦，又將餅乾整齊地擺了上去。走了兩步又回頭看了一下，重新站在餅乾前，將下方餅乾又調整了位置，才拿著抹布轉身走向另一個陳列架。看著眼前這一幕，我和老爺爺不禁相視而笑。

五味雜陳的童年雜貨店

不由想起童年的雜貨店裡有著太多的回憶，卻不全是甜蜜與幸福的。幼年時期的我其實沒有很喜歡雜貨店，並不是店裡令人垂涎的各種點心和餅乾不吸引我，而是那些印象深刻的人情冷暖，總是回盪在腦海中。

小時候家裡的條件並不理想，對比當時的台灣經濟結構，應該說是很不好；相較於其他同學，在物質上有著很大程度的落差。祖父母早逝、父母早婚、孩子又多，家中並無穩固的經濟基礎。爸爸跟著做泥水師傅的外公一起當小工，同時又兼了幾份差賺錢養家；媽媽除了在家裡帶小孩也做些手工貼補家用。爸媽就用這些微薄收入辛苦地維持著這個家。

家裡離市區有一段距離，在那個便利商店及超市遠不比現在普及的年代，日常所需的生活物品，大多得仰賴附近兩家相近的雜貨店。

第一家雜貨店就在離家不遠的巷口，緊鄰著馬路邊，小小的一間矮房店面，門口還有一個小小的檳榔攤。一座有些年頭的玻璃櫃裡擺放著幾瓶看起來高檔的洋酒，玻璃櫃後木架上層的小長格裡，排放著兩排歪七扭八的長壽香菸，下方則是米酒、竹葉青、五加皮、醋及幾罐黑得看不出來是什麼的飲料。地上的木箱裡則有米、麵粉和雞蛋。

小雜貨店很熱鬧，每天都有幾個大人手上拿著一疊四色牌，或站或坐地圍在門口的那兩張小桌旁。桌面上散落了一堆啤酒瓶，滿地的菸蒂。混著各種氣味的複雜空氣中，總是夾雜著幾聲國罵和喧鬧聲。

「恁娘勒！你今天是穿紅內褲喔？手氣這麼順。」

「講嘿蝦咪痟話，我哉啊，你肖想恁祖媽很久了，袂借幾杯馬尿就要來探聽我穿什麼內褲啦，那敢做你來，甘呐嘴秋沒效啦！」然後旁邊的人就會跟著起鬨，講一些大人覺得有趣、我卻感到無聊的話語。

「阿婆，我要一斤雞蛋、一包鹽和一瓶沙拉油，我爸說先欠著，過幾天再來清。」

阿婆瞥了一眼，起身去秤雞蛋，一邊把雞蛋放進袋子裡，嘴巴裡一邊唸叨著：「擺安捏啦，哪有錢都去別間買，沒錢才來這裡賒……」接著拿起一本封面沾上檳榔汁和咖啡污漬的白色帳本，寫下今天的日期和購買的物品、價格後遞給我，「來，這裡簽一下。回去跟大人說，哪有錢卡緊來清清勒，『過幾天』是哪一天……」

「好了啦，你跟小孩子說那些幹嘛，他又不懂。」

我低著頭，覺得胸口好像壓著一塊石頭，呼吸變得有些侷促，一股熱流從耳朵的邊緣開始蔓延開來，順著臉龐一直擴散到臉頰，手上的塑膠袋也在微微地顫抖，這樣的窘迫讓人感到極為不適。

每次只要憶起這樣的畫面，就會覺得不想再進到這裡，但是一想到如果我不來，就必須讓妹妹們來面對這樣的窘境，只能硬著頭皮、帶著無奈的心情持續著這樣的任務。

大人們繼續一邊打牌、一邊吵雜喧鬧著，我順手撿起一疊受損被丟在一旁的紙牌放進口袋裡。回到家後，才剛拿出四色牌攤在地上，從田裡農忙回來的爸爸看見後立刻大發雷霆：「你不知道賭博會搞得傾家蕩產嗎？敢賭博我就打斷你的手！」嚇得我連忙丟掉手中的紙牌。

在雜貨店受了阿婆冷嘲、撿了別人丟棄紙牌想當作玩具的我，並不知道為什麼爸爸會發這麼大的脾氣，心裡有些無處申訴的委屈；長大後漸漸才明白，家裡的親戚因為賭博欠下了賭債，賣掉了很多的家產和田地。因此爸爸非常痛恨賭博，家裡也從來不能出現任何的賭具，哪怕是撲克牌都不可以。當時**爸爸給予的不僅是嚴厲的言教，更是以身作則的身教**。

經歷過這樣的情形後，再次被派遣採買任務時，我就會轉到距離巷口三十公尺外的另一家柑仔店（雜貨店台語，亦作簳仔店）。這裡不如第一家明亮，牆上土地公神像前的兩盞紅燈，總有一盞不停地在昏暗的燈光下閃爍著，這也是我不喜歡來這家店的原因之一。忽明忽滅的神明燈，總會讓我想起阿派仔撞車的那一天，救護車頂的信號燈也是這樣閃爍個不停，和蓋上白布時他媽媽撕心裂肺地喊叫和哭聲，令我不由自主地起了一身雞皮疙瘩。

凌亂的柑仔店，入口堆放的貨品顯得毫無秩序，一旁的黑板上不時會出現收香蕉日期和品級價格的潦草粉筆字跡，也經常有大人在黑板前抽著菸，抱怨香蕉的價格太低。每到選舉時，則總有人聚集在黑板前討論著某某候選人的八卦。自以為是選戰高手或選情專家，詳盡分析著選情的高低。有時一言不合就爭得面紅耳赤，激動得幾乎要動手。每次都讓我很擔心手上剛剛簽完帳的貨品會在他們的推擠下被打落，更害怕那些在喝了酒的大人手上揮舞的啤酒瓶會砸在我的頭上。

但柑仔店也並非全然地令人討厭，至少它隔壁小房間裡的那幾台電動玩具機，就是放學後消磨時光的好處所。雖然大部分時間只能湊在旁邊看著過乾癮，但搜集了各路獨門絕技之後，當有人卡關時，我就成了最佳的救援選手，總在輕易的操作間，從大家的驚呼聲中獲得很高的成就感。偶爾突破更高難度的關卡時，還有人會加碼一枝百吉冰棒。唯一的風險是，當媽媽等不到需要的貨品而親自駕到柑仔店逮人時，晚上就會獲得爸爸賞賜的「竹筍炒肉絲」。

回過神，帶著不小心買下的一大包零食，走出這家明亮、擺放整齊的雜貨店，天空中飄下的細雨又讓我想起了童年騎著腳踏車到柑仔店去，在小小的電動玩具間看得出神的時候，聽見打在屋頂鋁板上的雨聲才驚覺停留的時間太久，於是匆匆忙忙頭頂著媽媽交代的醬油糖鹽，邊躲雨邊跑回家去，腳踏車就被遺留在那個寫著歪斜數字的黑板下。隔天一早上學前才焦急地尋找遺失的腳踏車，猛然想起後又跑向柑仔店把腳踏車牽回來。

刻苦回甘的滋味

雜貨店是成長過程中一個充滿回憶的地方。有開心、有不悅，有擔心害怕，更有那段家境窘迫時期的刻苦記憶：是一群孩子一起吃喝玩樂、一起胡鬧的甜，是大人言語中的辣和酸；唯獨沒有的就是小孩子最不喜歡的苦。**一家人情感緊緊相依的生活中所經歷的一切，所有的苦都轉化為長大成人後回味無窮的甘味。**

那個小小的磚造平房裡，一家人緊密地靠在一起。在爸爸的發薪日和妹妹一起分享一枝在雜貨店冰櫃裡觀望了好久的甜膩雪糕，聽著學歷不高的爸爸耳提面命地在飯桌前反覆提醒的那句：「天下沒有白吃的午餐。」還有媽媽不斷唸叨的：「我們對別人好，別人就會對我們好。」正因為親情的貼近，即使物質有所缺乏，卻不致造成家中的爭吵與情感的稀釋，也更能從分享與珍惜之中感受到家人之間愛的濃度。**儘管所擁**

有的不多，但每個人都用自己方式為這個家竭盡自己的心力。在無形的層架上，讓它堆滿了令人感到幸福的笑聲與美好回憶。

廟會

投入硬幣，燈箱上的閃燈開始在面板上隨機地跳動了起來。上面寫著從一到十六的數字，每一個數字上放著幾片數量不等的魷魚乾和豆乾。當燈光停在對應的數字上，孩子就會拿起相對應的獎品、蘸裹上一層滿滿的烤肉醬，在一旁的烤爐上烤了起來。運氣好的時候可以拿到一整串的魷魚乾或三片豆乾；有時手氣差，就只能拿到一根魷魚鬚或一片豆乾。每當有人抽中大獎，孩子們總是集體歡呼，而當自己抽到一片豆乾時，其實也不太介意，因為在這群孩子的眼中，抽到什麼並不是重點，重點是在攤位旁邊的那兩個裝滿烤肉醬的鋼杯。

小小的火爐上架著一片不鏽鋼網，火爐裡冒著火舌，偶爾還會出現藍色的火焰，木炭迸裂的時候激起一陣火花。爐子口緣上有幾個大小不同的缺角還裂了幾條線，各種醬料沾滿了火爐的上緣。一邊的提耳不知道什麼時候掉了，老闆隨手用一條粗鐵絲做成一個掛鉤，掛在用鐵絲纏繞的那些鐵環上。不需要放任何東西在上面烤，只要一點上火，遠遠地就能聞到一陣烤肉香。

兒時簡單的快樂

香氣四溢的抽魷魚攤總是圍滿孩子，擠成一圈用鐵夾夾起自己抽到的戰利品，在烤爐邊烤了起來。烤沒一會，就等不及將手中的豆乾或魷魚乾放進大鋼杯裡沾滿醬油，再放上烤爐隨便翻上幾下，然後急著放進嘴巴裡感受烤肉醬的鹹甜香。每個孩子都知道烤串有個重點：手裡的魷魚豆乾串可不能一次就烤好吃個精光，而是舔幾下烤肉醬的美味後，讓烤串在醬料大鋼杯裡徹底浸泡游泳、在烤爐享受木炭日光浴，再送進嘴巴品嘗豆乾或魷魚乾裹上醬料的香氣，如此這般循環著。直到將食材都烤到焦黑了，老闆會出口唸叨：「都烤焦了，不要再烤了，趕快吃一吃，不投錢的話就到旁邊去換別人烤。」很快地就會再加入幾個孩子繼續著鋼杯裡的友誼交流。

隔壁水果攤，醃製好的甘草芭樂呈現一種很特別的綠，在燈泡的映照下是帶著螢光的綠色。一串兩顆，拿在手上立刻再跟老闆討要一支竹籤分成兩串，站在攤位旁的那個裝滿紅色梅粉的塑膠盤前，開始將手上的芭樂放上去來回的滾動，直到那螢光綠的芭樂變成了像蘋果般整顆通紅，再也沾不上一點點的梅粉才肯罷休。而且動作要快，因為水果攤的老闆娘可不像烤豆乾攤位的老闆那樣和善，多滾一下都會遭來一陣碎唸：「小孩子不要吃那麼多梅粉，吃這麼鹹不怕腎臟壞掉嗎？」聽在孩子的耳中，這不過是小氣老闆娘的藉口。

拿著一身紅的芭樂，走向廟口另一邊的爆米香攤。一個帶著鐵圈的黑色物體，不停地在火上滾動著，即使高掛在廟埕前幾只大喇叭不斷傳來布袋戲和歌仔戲曲驚人高亢的聲音，還是能聽到那個黑色物體旋轉時發出哐啷哐啷的金屬聲：「要爆了喔！」「碰」的一聲，一陣白煙，伴著一股香甜，瀰漫在眼前。幾個孩子仰著頭，撐大了鼻孔貪婪地聞吸著。老闆將一袋剛剛炸開的爆米香淋上麥芽，攪拌均勻後快速地倒在一個油亮的木框上，拿出滾輪，在那一盤爆米香上來回的滾動，所經之處一片平坦，就像一只爆米香熨斗。手上厚厚的刀片在爆米香上切割出一條條筆直的線條，不需要測量竟能精準地切割出大小一致的方塊，簡直就像變魔術一樣。

木框裡的爆米香方塊一個個裝進塑膠袋後，幾個孩子又湊上前去，急著伸手拿取那些黏附在木框上的碎花生米和爆米香。就像稻田裡跟在低著頭賣力拖犁翻土的水牛身後的那一群白鷺鷥，貪婪地搶食著被翻攪而出的小蟲一樣。直到一旁的大嬸，再拿出一包米交給老闆，為那個經歷無數次爆炸都不會毀損的鐵彈點上火，貪吃的孩子們才會不情願地散去。

廟會歡樂即景

載著大大的鐵盤，將各色糖粉倒進快速旋轉鐵盤中間，就會跑出一團團棉花似的機車旁，也是孩子們必定駐足留守的地方。撈金魚的紙網一定要整支沾濕，才能撈得起那一條條狡猾活潑的金魚，而且要眼明手快，稍有遲疑讓那好動的金魚一抖牠圓潤的身軀，手上的希望轉眼又成了一場空。

套圈圈不只需要運氣，更要有一點手技，丟的時候得兩個圈一起丟出去，而且要由近而遠，不能貪心，即使只是獲得小瓷偶拿在手上，就已經是足以向玩伴們炫耀的戰績。而街邊轉角，閃著彩色霓虹燈的攤位上，冒著白煙的酷炫汽水，可不是每個孩子口袋裡的能力所消費得起，所以只能等在旁邊，一旦發現有認識的朋友拿在手上，必定要上前去討要來喝一口看看。

再往前走，蛇店裡殺蛇表演更是絕對不能錯過的，殺蛇時間還沒到就要提前搶位，否則就只能躲在遠遠的地方，望著眾人黑鴉鴉的背影乾著急。那殺蛇的場景簡直就像鹹蛋超人和怪獸的決鬥場面。在一陣叫賣後、剪刀一剪，一張完整的蛇皮褪下，激烈扭動的蛇軀，是怪獸頑強的最後抵抗；但就像每星期卡通裡的結局一樣，終究是邪不勝正，被切成了數段放進滾燙的鍋裡，真是大快人心。

好久沒有來到媽祖廟了。媽祖廟不僅是大人的信仰中心，也是孩子們最重要的聚集地和遊樂場。

廟埕前那兩隻大石獅子，是最佳的攀爬場地。四十幾年了，左邊的獅子被演布袋戲的貨車撞崩一小塊的屁股，還是沒有補上。拾級而上，緩步走入廟院，聽著喧天的鑼鼓，眼前滿室的香煙，看著牆上一幅幅精美的浮雕，桃園結義、孔明出山、臥冰求鯉、刻木事親；那些幼年無法看懂的雕刻，現在全都明白了。撫摸著當年站在板凳上也搆不著的石燈，思緒立刻跌回那個每年農曆六月十五日裡熱鬧盛大的廟會。

廟會上有歌仔戲、有布袋戲、有出巡的城隍爺，有在臉頰上扎著鐵針和拿著鯊魚劍砍到背上都是血的乩童；有扛著八爺神將在隊伍中來回穿梭的外公、有忙著準備宴席的外婆；有各種攤位、有那一群一起烤豆乾、吃芭樂、套圈圈、摳爆米香的朋友們。儘管以前的廟會沒有如今華麗的聲光表演，但以前的廟會真的比現在有趣多了。

做錯什麼

錯過正餐時間的午後，抵達想去的那家蕎麥麵店時，店家已經拿下了布簾，換上一塊寫著「本日售完」的小木牌。帶著微微失落的心情走在由布院一條僻靜的小路上，涼爽的天氣，遠處吹來的風中夾帶一股幽微不知名的花香，讓人覺得心情又好了起來。

迎面走來一個年輕的媽媽和兩個可愛的小女孩。媽媽一手提著袋子、一手牽著蹣跚學步的妹妹，小姊姊則跟在媽媽的後面，一邊唱著歌、一邊開心地蹦蹦跳跳著。

小姊姊看了一眼旁邊的圍牆，「我要爬上去」，說完就用雙手攀著圍牆的邊緣，熟練地一蹬腳、手一撐，不一會兒就迅速爬上圍牆之上。而媽媽只是斜望了一眼，並沒有阻止，頭也不回地帶著妹妹繼續往前走。

原以為小女孩想要爬上去撿什麼東西，或是摘下圍牆旁那棵大樹的葉子，但她卻只是爬上圍牆後喊了一聲「嘿咻」，接著就往下跳了下來。然後帶著滿足的笑容跑著跟上媽媽和妹妹的腳步，媽媽低頭回看了一眼：「好玩嗎？」「嗯！」小女孩開心地點頭回答，三個人就這樣牽著手消失在轉角的街頭。

望著眼前的這一幕好久，除了孩子天真可愛的笑容，更吸引我注意的是：小女孩在半路上突然停下腳步說她要爬上圍牆，媽媽明知道這是一件可能帶有危險性的事，竟能毫不攔阻地揚長前行。孩子爬上圍牆或許僅僅只是因為有趣，那麼一個媽媽能夠頭也不回地繼續往前走的原因又是什麼？

期待與干涉之間

在大人眼中，很多事情是沒有意義的，但在孩子眼中更多的事是不需要意義的；隨著孩子的成長，彼此的視角所望出去的世界分歧也就愈來愈大。不管孩子的年齡幾歲，始終是父母眼中的孩子，永遠有操不完的心。

大多數的父母總期待著孩子能夠朝著自己規劃的方向前進，甚至走在早早為他鋪設好的人生道路上。一旦孩子從父母佈局的路徑上發生偏移，除了責怪、更多的竟會是質疑。而質疑的對象不是別人，是自己。

一位朋友來訪，在茶桌前坐了半天才說出真正的來意：幾年前兒子不負眾望，風光考上了醫學院。眼看著學期結束就要開始到醫院實習，最近卻突然告訴她不想再念醫學系了，他要轉考電機系。

「他居然跟我說，這幾年他的功課一直都很好，足以向我證明他是有能力當上醫生的，這已經完成了對我的交代，所以他打算去念自己真正有興趣的科系。你幫我勸勸他，我的要求不高，只要讓他好好把醫學院念完，我真的不會再干涉他。」朋友拿起茶杯到嘴邊卻又放下杯子，激動地說。

我忍不住好奇地問：「你真的會這樣嗎？只要他念完醫學院就不會再干涉他？」

「反正先畢業再說嘛。我這是為他好，想不懂這一路走來我到底做錯了什麼？」

做錯了什麼？我想朋友並沒有做錯，若說有錯，那唯一的錯就是對孩子有了錯誤的期待。

父母從小給孩子自認為最好的教育環境，幼稚園就必須是雙語，國小也要擠進資優班，國中一定要是名校，成績還得是前幾名，高中必須是國際學校；大學不用說，沒有出國也最好是考上台清交。從懂事開始，鋼琴要學、舞蹈要跳、作文要補、繪畫要訓練……。大部分的孩子也只能順從大人的安排，在被指定的狹窄軌道上前行。

然而，我們做父母的站得再高、看得再遠，終究只能是天上的衛星，不能成為孩子人生道路上的駕駛，無法掌握他們手上的命運方向盤。或許，在他們還沒有能力分辨東西南北的時候，父母能提供給他們參考的方向；一朝孩子有了自己明確的目標，不論前方是否艱辛，路途是否顛簸，我們只能旁觀縮手，化身成為沿途加油補給站，在孩子需要時遞上擦汗巾，送上一聲聲打氣鼓勵。**父母與子女在人生列車共伴一段相依**

相偎的長長路程之後，需要獨立成長和下車勇氣的就不再是孩子，而是作為父母的自己。

消除執念，放手祝福

當孩子有了挑戰全新未來的勇氣，父母不一定能夠承受這樣的壓力；孩子願意選擇一個低薪但有興趣的工作，父母也未必會在親友之間提起，因為這關乎到面子的問題。

朋友自從小孩考上醫學院，在許多的聚會中便會經常提起：「我兒子念的是醫學系。」

普羅大眾的社會價值中，醫生確實是個很好的職業，擁有崇高的社會地位、高額的收入和各種想像中的美好。但是所有的事物，總有正反不同的兩面，利益得失只有自己最清楚。在看不到的背後，所要面對的是長時間的工作和巨大的壓力。為了這些美好的憧憬所付出的代價，每個人的價值觀不同，選擇自然也不相同。我們為孩子規劃的人生究竟是我們想要的，還是孩子自己想要的？

朋友雖然跟孩子說念完醫學院就能去做自己想做的事，但是任誰都知道，一旦從醫學院畢業後，媽媽又會說：「你先當幾年醫生就好，為自己存一點錢，再去完成你想做的事。」就這樣被迫不斷地走在一條名為「我是為你好」的道路上。儘管前方有著令他人嚮往羨慕的美景，但一趟被強烈要求改道的旅程，誰能對於未知的風光滿懷期待？

每一個人都有權選擇自己想要的人生，決定自己用什麼樣的方式生活。**當孩子做出了與父母理念背道而馳的選擇，並不是大人做錯了什麼，**

相反的，應該是我們做對了什麼，所以孩子才能為自己的人生做出勇敢的選擇。與其因為孩子的選擇而相互對立，不如好好地祝福並放手讓他們去嘗試。當一棵樹在幼苗的時期，我們可以用心看護它生長的方向，給它足夠的水分和養分，讓它能夠穩穩地向下紮根，長成筆直粗壯的樹幹；向著天空的枝枒，就讓它跟著陽光的方向自由生長，經歷風雨才能愈加茁壯，才能自在地成為自己想要的姿態。

回想起朋友來訪那一個下午和她臉上的愁容，此刻突然想撥一通電話給孩子，對他說：

「**為了求生存，人生中有太多有意義卻無聊的事需要去完成，但世界上還有更多有趣但沒有意義的事。求生存很無聊，而生活卻可以更有趣**。生活中的快樂有時很簡單，就像這個爬上圍牆的女孩，花點時間做些沒有意義的事情就可以，堅持自己的選擇，勇敢地過上自己想要的人生。」

小美

或許是早婚的緣故，小美的個性就像個孩子一樣，極度樂觀且單純。和五個孩子間的感情好到不像媽媽與孩子的相處，更像姊姊帶著弟弟和妹妹，甚至有時候孩子們都覺得她的個性更像個小孩。

小美很疼孩子、也會偏心，是某種程度的重男輕女。切水果的刀子很容易切歪，然後讓妹妹們先吃，很巧地比較大的那塊一定是留給最晚回到家的兒子。洗棗子時會一隻手先挑出個頭最大的、再用另一隻手艱難地一把抓起好幾顆，把那幾顆棗子攤開在女兒們的眼前，讓她們挑選，最後偷偷將最大的一顆遞給兒子。

雖然小美總是在五個孩子面前將有限的資源做不公平的分配，但因為幾個孩子都懂得彼此分享，所以這樣的偏心並不影響孩子之間的感情。

小美很愛講話，這輩子最大的興趣大概就是講話。她的女兒說：「小美上輩子一定是啞巴，這輩子才會這麼愛說話。」小美纏人說話的功力絕對超越頂級銷售員或狂熱傳教士等級。從起床開始，跟著最早出門的兒子叨叨絮絮說個不停，從床邊一路說到孩子出門。內容不是令人心煩的碎念、也不是無來由的抱怨，而是各種大大小小的叮嚀或是她突然想到有趣的事。兒子出門後，她就會去到女兒身邊，把剛才對兒子說過的話，幾乎是重複不停地再講一次。

「欸欸欸，我跟你說啦，騎車、開車要慢一點，再忙也要吃飯喔。

「欸欸欸，我昨晚本來要煮湯給你們喝，結果看電視看到忘記，煮到廚房都是煙，好好笑喔。

「欸欸欸，我昨天在煮紅豆，想說那個日本買回來的什麼壓力的東西沒用過，聽說煮了很好吃。結果不知道為什麼，滾了很久以後，聽到碰一聲，天花板就破了一個洞！」

明明就同住在一個家裡，白天不見晚上見，無論是雞毛蒜皮的各種小事，她都可以笑咪咪地講個不停；而且不管什麼事，從她的口中講出來都會變成極為有趣的事。

都說樂觀的人如果看到天塌了也會放心有高個子頂著；而在小美的眼中就會成了：

「欸欸欸，你們看，天空怎麼愈來愈低，好好玩喔！」

我們要對別人好

小美學歷不高，無法堆疊出華麗的詞藻或講授高深的學問，最常對幾個孩子說的一句話就是：「我們對別人好，別人就會對我們好。」孩子們並不覺得這是一句什麼值得特別記住的話，但從小到大，她還是經常將這句話掛在嘴邊。

孩子也曾跟小美說：「現在的社會不一樣了，你對別人好，別人不見得就會對你好。」

小美也只是笑笑地回答：「那也沒關係，至少別人也不會對我們不好。」

不管外面的世界如何變化，在小美的心中，永遠都是這樣的單純而美好。

然而如此單純的小美也會有脾氣，偶爾仍會唸叨幾句。但孩子們都知道，只要迅速轉移她的注意力，聊些好笑或是好吃的東西，她就會立刻像川劇變臉一樣換上一張微笑的臉，忘了自己剛剛究竟是為了什麼在生氣，轉身跟孩子開心地聊起那個被轉移的話題。

小美喜歡美食，特別是甜食。三十年前開始的一句減肥，一路把自己從五十公斤「減」到七十幾公斤，結果是一路地不減反增，每次都看著體重計低咕：「咦，怎麼會這樣。」

為了身體健康，孩子告訴她飲食要節制、有空多運動。突然有一天，躲在廚房冰箱後面吃蛋糕的小美卻不小心被兒子發現：

「都這麼胖了還偷吃。」

「真的喔？我都沒吃什麼欸，前陣子瘦了，最近才又胖了幾公斤就被你看出來了喔？」

嘴裡塞滿一大口蛋糕、脹著圓滾滾的臉頰，用兩隻手托著肚子說的小美，又一次惹得大家笑成一團。

而小美生活中的另一個樂趣就是收包裹。每次有包裹寄到家裡，她就會立刻拍照傳到群組裡：

「有台北寄來的包裹欸，要冷藏欸，是好吃的嗎？」

等得到物主開啟的回覆，就會迫不及待地拆開看看裡面究竟是什麼。但哪怕是名店美食，小美也絕不會先偷嘗一口，因為她要的只是享受開箱的喜悅。即使孩子說：「那很好吃，先開來吃吧。」小美也總是優先想起兒女：「不用啦，好吃的你們留著吃。」

現在，六十幾歲的小美已經是加起來六個內外孫的阿嬤了。早上出門前說道的對象又多了好幾個，小美更忙碌了。從不到五歲的小孫子、到五十歲的兒子，對著一大家子每天都有說不完的話。

有一天，小外孫女上車後，小美站在車窗旁：「小乖，書包檢查了沒，餐袋不要忘了……」話還沒說完，小乖接著說：「我會多喝水，鉛筆盒有帶，下課要跳舞，餐袋會記得帶回來，不用茶葉蛋。阿嬤我都有記得，不用再說了。」一旁準備出門上班的兒子看著「愛的叮嚀」又一代的接續傳承，忍不住笑了起來，小美大概永遠也停不下來。

不易察覺的愛

「矮矮的身高，只有一百五十公分。圓圓胖胖的身材，臉上整年都掛著笑容，雖然沒有神奇的口袋，卻可以像小叮噹一樣變出各種東西來，這就是我的媽媽。」國一的第一堂作文課上，老師拿出我的作文簿唸給班上的同學聽。這就是我人生中第一次寫小美，我的媽媽。也是因為這篇文章受到的肯定，從此開啟了我對閱讀和寫作的興趣與能力。

從小我就覺得小美和同學們的媽媽很不一樣，印象中她從來不曾嚴厲斥責過我們，真的是一次都沒有。頂多就是唸個幾句，然後就又被我們另闢的話題開了新窗。

小時候，媽媽的愛是在我挨了爸爸的打、哭著睡著後，她一邊流眼淚心疼地拿著藥膏塗抹我腳上的疤痕、一邊唸叨爸爸下手太狠；是在有好吃的東西時，她一定把最好的都留給我們，確定孩子們都不吃了，才從裡面撿著吃。小學時，媽媽的愛是會一大早起床，準備好一片片的吐司，沾上蛋液和麵包粉煎出美味的早餐，讓我帶到學校去和同學分享，建立起良好的友誼。國中時，媽媽的愛是在我急性腸胃炎、打著點滴睡著時，睜開眼卻看見媽媽一整晚坐在床邊打瞌睡，在我稍稍挪手臂時，她立刻驚醒用手緊壓著我的手深怕針頭掉了。成家後，媽媽的愛是「你們要出國，我幫你們帶小孩，開心去玩。」

媽媽的愛，就像她愛說話的程度一樣，無論用多少的文字也敘述不完。

或許就是受了媽媽的影響，我和她一樣，成了一個無可救藥的樂觀主義者，成了一個很喜歡交朋友的人。不論是在台灣還是到國外、是坐計程車還是在餐廳吃飯，總能跟初見面的陌生人聊得很開心，甚至變成好朋友，也在工作上獲得了更多的助益。也才漸漸明白，媽媽要我們與人為善的重要。

「我們對別人好，別人也會對我們好。」

極其簡單的一句話，卻對我的人生路途產生了極大的影響。

媽媽對孩子的愛與影響，在言教、更在身教。

一個女人的大半輩子都為了孩子而活，卻能活得像個孩子般地天真快樂。

也許她對世間現實與險惡的認知，還停留在她結婚時不到二十歲的年代；或許她對事物價值的眼界與判斷，就跟她的身高一樣早已被身邊的孩子們超越。歲月逐漸染白了她頭上的髮絲，在她的臉上刻劃出了一條條生活的軌跡，但她的愛卻如她減重失敗的身材有增而無減。

為了她所愛的家人，奉獻出她人生的一切無怨無悔，臉上永遠掛著比陽光還燦爛的笑容。讓孩子們知道，**即使擁有的不多，只要心中有愛、有最愛的家人在，就可以活得很快樂**。

她是小美，我的媽媽。

女孩的雪花雨

夜宮公園旁的圍牆斜坡上，開滿了紅、白、粉各色的杜鵑花。一旁不知名的行道樹，則是開滿了細細的白色花朵。一陣風吹來，那輕輕依附在樹梢的花瓣，竟也像雪花一樣被風吹得滿天飛舞起來，就像一株巨型的蒲公英，在天空中綻放成一片美麗的煙花。雖未如櫻吹雪般的絢爛與壯麗，卻也在空中短暫地留下一幅迷人的畫面。

在手中的相機還來不及記錄的剎那之間，滿天的花朵已紛紛墜落在地。汽車疾駛而過，隨之揚起的一陣花瓣，便互相推搡、堆積在爭相展顏的白花樹群下，在樹根處堆起了一層厚厚的白色花毯。路旁不多的行人，彷彿早已習以為常，只有我為了這陣花雨駐足停留。

一個戴深藍圓盤帽的小女孩，頭上紮著兩條麻花辮，穿著只露出半截小腿的深藍色學生裙。白色誇張大翻領襯衫的背後，背著結實的黑色書包。左手提著一個藍色的手提袋，白襪下一雙藍色的帆布鞋，左胸前用白色的別針別著一張注意行人的反光小卡。盤帽下的臉雖然戴著口罩，還是能推敲出清秀的臉龐，從雙眼彎曲的線條也能感覺到她的笑容。一邊哼著我聽不懂的歌，一邊踏著輕快的腳步蹦蹦跳跳地走在這條由各色花朵構築的花間小路。

猛然的一陣風吹來，小女孩本能的舉起右手扶了一下頭上的帽子。

花瓣灑落在她的帽簷，小女孩轉身停下腳步，抬頭看了一下飄落的花瓣，「哇」的一聲，開心地向著天空伸直右手用力揮舞了起來，小小的手掌不斷地開合著，似乎想要試試看自己能在這陣花雨中抓住多少的花瓣。也許是用力閉合的動作將花瓣從手中推離，小女孩失望地看著沒能留下一片花瓣的掌心。

突然又刮起了一陣風，這一次小女孩興奮地用兩手打開提袋的開口，「嘿！」奮力地將袋子高高地舉在胸前左搖右晃。風停了，她低頭看看袋子，眼睛瞇成了一條線，彷彿在心裡得意地吶喊著：「抓到你了吧。」然後再度轉身面向剛才那些僥倖從手中逃脫、落在牆角的花瓣，抬起腳、用力地踢了幾下，洩完未能如願捕捉之恨後，才又獨自踏著開心的步伐往斜坡上走去。

感受萬物的能力

看著小女孩心滿意足離開的背影，想起自己小時候也是一路玩耍、一路走回家。

對學校課堂上老師講解的內容沒有多大的記憶，但卻清楚記得牆外的芭樂樹有幾顆即將熟透的果實；寫在黑板左邊明日應帶物品欄上的教具未必帶得齊全，但和同學約好放學後一起去採芒果的那支長網一定不會忘記；書法課上的挑彎撇捺，沒有多大耐心描摹，但為了一把竹劍上的圖案，卻能花上半天細細雕琢；算盤上的算珠上下移動與我毫無相關，但釣竿上浮標的微微顫動，卻是驚天之撼。就連小時候常從老師口中聽到的那一句：「業精於勤而荒於嬉」，不知道為什麼，我的理解經常會變成是「耶！金魚群，我歡於溪」。

成長過程的這些經歷，讓我有更多的精力和時間去觀察身邊各種事物的變化和美好。也讓生活步調因而開始變慢。

教室裡的課程教會我們認知這個世界，卻無法帶領我們感受這個世界。

我們可以在國語課本上學會用各種優美的詞句形容雨天的美，但無法領略和一群朋友在田野奔跑時，一起被大雨淋濕的暢快；數學公式告訴我們如何計算物體墜落時的重力加速度，但無法讓我們明白戲水時，從河岸上跳落水面的瞬間有多好玩；理化老師會教導你物體的摩擦係數影響有多大，但無法告訴你龍眼樹和芭樂樹，這兩種樹皮不同的樹該怎麼爬；知道口渴了要喝水並不能解決口渴的困境，還是得喝了水才能真正的解渴。並不是說學習知識不重要，而是如果我們限制孩子的各種嘗試，那將來與一部裝載了知識軟體的機器人何異？

曾有朋友提起，自家每天接送的小孩突然羨慕起那些自己通勤的同學。我問他為什麼？他回答：「還不是嫌我們大人囉唆，現在不好好專心讀書將來看他們怎麼辦？」

其實「怎麼辦？」好像不是我們應該過度關心的問題。當我們不斷地為孩子將來的生存而憂心，或許會發現，生存沒問題，但卻不懂得該怎麼生活。或許有人開玩笑地說：「有錢就能解決人生大部分的問題。」但解決不了的，往往就是那些身為一個人該真正面對的核心問題。

新聞媒體上，曾經聽聞某些科技新貴或財富自由的人尋短的消息。每當這樣的消息發佈，總有人會說：「我如果那麼有錢才不會如此想不開。」人的時間有限但欲望卻是無窮，在追求財富的道路上永無止境。當一個人擁有的愈多，就會漸漸失去擁有的快樂。「甚愛必大費，多藏必厚亡。」過度的熱愛一件事物，必定花費過大的心力，擁有愈多的收藏最後也必然遭受更大的損失。

勇於嘗試各種可能

兒子小時候，也曾對我說過很羨慕在家附近小學的小朋友可以走路上學，並不是嫌棄我們囉唆緊迫盯人，而是他覺得路途上好像有很多有趣的事物。暑假時參加了學校舉辦的棒球夏令營，他特別交代我們不要去接，他想跟著其他小朋友排路隊一起走回家。走了幾天之後問他：「你不累嗎？」他開心地答道：「太好玩了。」看著他興奮地分享著沿途和同學嬉鬧，以及所見的各種有趣事物，這不就是一個孩子成長該經歷的樣子？

兒子今年退伍了，從大學開始，很多時候我只能從社群媒體上看到他和同學爬了哪座山、又去了哪個地方露營。但這並不是因為我們的親子關係冷淡。我不問不代表不關心，而是不過度的干預。他沒提，是因為他知道，從小到大，只要是他們想做的事情，我的答案只有一個字

「好」。

我希望，他趁年輕的時候勇敢地嘗試各種事物，也更勇敢地做自己。畢竟，我不忍告訴他的是：人生隨著年紀的增長會漸漸地變得愈來愈沒有勇氣。

風又吹起了，我像剛剛那個奮力想要抓取花瓣的可愛女孩一樣，伸出我的右手。不同的是，我只是攤開手掌，靜靜地等待。

等著剛好的緣分，等著適當的時機，一片、兩片、三片，它們就這樣落在我的掌心。沒有焦急的心和熱切的渴望，當然也就沒有失落和悲傷的情緒。只有吹在臉上的風、落在地上的葉、過往的行人和遠去的車輛。

風箏

女兒問：「爸，你放過風箏嗎？我看到電視上有人自己做風箏欸，我覺得好酷喔。」

放風箏是一件非常有趣的事，被女兒一問，又喚起了塵封多年的記憶。風箏是童年時重要的回憶。不管是如何讓風箏順利快速地飛上藍天，或是關於製作風箏的技巧，都沒有老師或大人教授，完全是自己摸索或參考同伴的製作過程學習而來。這個看似簡單的遊戲，在孩子之間卻像是一場盛大的比賽。每個人都想盡辦法讓自己的風箏能飛得更高、飛得更遠，於是開始研究各種製作風箏的祕訣和技巧。在製作時，為了避免自己的祕密被發現，往往都躲在角落偷偷地拿出自己的祕密武器來加工。有的人會在前一晚就將竹子泡水以增加竹子製作時的彈性；有的人會用玻璃打磨削好竹子；也有人在風箏的封紙上用心。總之方法各異、巧妙不同，而這些在大人眼中的小動作，在孩子之間卻是一種不可外傳的獨門心法。

我喜歡跟外婆鄰居家的玩伴一起相約做風箏、放風箏。

一開始只能依樣畫葫蘆地拿起竹子胡亂切削，在一頓亂綁之後拼湊成一個看起來徒有其表卻一無所長的風箏。經過一次次的失敗與各種糖果紙牌的利益交換中，我終於慢慢學會如何做出一隻能夠飛上天空的風箏。

做風箏的過程乍看簡單，卻是一項精細工程；其精密程度對當時的孩子而言，簡直就像製作晶片一樣的高科技。從劈竹片、綁線再到糊箏面，就連彩繪風箏上的圖案，所有的製程也全都要一手包辦。

在那個客廳即工廠的全民家庭代工時代，鄰居家一直居家代工編大竹簍，所以不時有小貨車送來加工竹片的半成品。我們會從一大捆的竹片中抽出幾支，先用剖刀將竹片裁成細小的竹篾，再用從書局買來亮銀的超級小刀，細心地反覆刮除竹篾上的纖維，讓竹篾輕薄得幾乎只剩下由綠轉黃的竹皮。然後伸出手掌，將削好的竹篾中心點放在掌心略微高起的中指上，檢查是否達到均勻的平衡。每當竹篾巧妙平衡地立在指尖，總是忍不住托高手掌站起來環場示眾，對著同伴炫技。

接著將竹篾彎成一條彎弓，再拿出另一支切削好的竹篾綁在弓形的中間，側看就像搭在弓上的一把箭。取來裁切好的報紙糊在弓面上，形成一個菱形的箏面，再一次檢視風箏的平衡，在菱形的兩面貼上兩條細長的紙條，最後再將一條長長的報紙尾巴貼在箏面的下方，一隻風箏就算大功告成了。

幾個孩子各自拿著自己的風箏，蹬上腳踏車就一起朝著河邊的空地騎去，心中希望自己的風箏能飛得最高、最遠。

開始放風箏的時候，才是真正重頭戲登場。

起初看到其他孩子跑，我也跟著拉著線拚命地跑；卻始終搞不明白，明明一樣同時間放開風箏、從同一個地方起跑，為什麼別的孩子的風箏飛上了天，而我的風箏卻慘跌了個狗吃屎。

後來慢慢才知道，原來要讓風箏飛得高，需要的是抓準放手的時機。當風吹起的時候，迎著風的風箏會被慢慢地帶起，形成一條爬升四十五度的夾角線。但當風箏的線頭緊繃的時候，如果不放手讓手中的線拉長，風箏便會猛地升高，同時招受著風的壓力與線的牽制，兩相夾擊之下，承受不住壓力的風箏，失去平衡左右搖擺，最終也只能黯然墜落。

在一次次的飛起與墜落之中，我漸漸地學會了該如何操控風箏。**當風箏面臨強風吹拂，正確的處理方式不是緊拉著它，而是放開一段手中的線，給它多一點空間和時間。**勇敢地迎接風的緊逼，卻不與之正面硬剛，愈是面臨強大的壓力，愈是要放鬆手上的繩子，當它有了足夠的緩衝距離維持箏身的穩定，便會迎向更高的天空。

偶爾我們會撕下一張報紙，在報紙的中心挖出一個小洞，穿過手上的線圈，讓紙片隨著風、沿著線飛往風箏的身邊，這樣做看似沒有任何意義，但在強壓之下的風箏，哪怕只是多了一個小小紙片的安慰，都能飛得更安心。因為我要透過這張小小的紙片讓它知道，牽引著它的這條線並不是要限制飛翔，而是要讓它能找得到路回家。

遙望著風箏自由地飛在無垠的天空，想像自己也像風箏一樣，乘著風自在地飛翔，去到了我到不了的地方。或許有一天，風箏會突然地斷了線，消失在我的眼前，我也不會感到失落或難過。因為我知道它找到了自己的方向，去到了它想去的地方。

人生就像風箏

小時候，放風箏是一項遊戲、是一場競賽。漸漸長大後才發現，放風箏不只是兒時記憶中的美好回憶，更是自己在成長的過程中可以用來不斷補給自己的處方劑。牽繩的這頭是自己的心，綁在線外那端的是在生活及職場上努力的自己。每當強風吹襲的時候，就要適時地放鬆讓自己退一步，不要過於逞強，緩一緩情緒再迎接下一次的高壓。**而當無風可乘時也不要失意，只需做好起飛的準備，耐心等待下一次的風起。**

傍晚，河濱公園的空地上，幾個小朋友在草地上追逐嬉戲。一個年紀較大的男孩手上拉著一隻風箏，小小的方形布面上畫的是一隻五彩斑斕的蝴蝶。風箏飛得不高，飛行的狀態有些歪歪斜斜，當風箏微微往下墜落，男孩就拉著繩子不斷地向後跑，等到風箏的狀態穩定了，男孩氣喘吁吁地站立在原地，臉上的笑容卻是無比燦爛。

沒過多久，眼見風箏又開始下墜，男孩再度拉起手上的線，又開始跑了起來。旁邊的兩個小朋友不斷地高聲吶喊：「快點，快點。」男孩紅著臉，滿臉笑意地狂奔著，一轉眼又站在更遠的地方開心地喘著氣。望著風箏再度穩定翱翔在半空中，幾個孩子都開心地大笑；突然一陣強風吹來，原本飄飄欲墜的風箏猛地升起，像一隻發起攻勢的眼鏡蛇，向著天空挺直竄去。一旁的孩子高聲地喊道：「拉緊，快點拉緊。」男孩迅速收回右手，企圖讓風箏回到平穩的狀態，但就是這一拉，讓風箏開始劇烈地左右搖晃，男孩緊張地將手上的繩子拉得更緊，開始向後跑了起來。在面對強風的吹拂及孩子的猛然收手，風箏突然向下急轉，直接衝向地面。幾個孩子先是一聲惋惜驚呼，緊接著又是一陣面面相對地狂笑。

也許等他慢慢長大後就會明白，**放風箏最重要的不是用力地拉扯，而是知道什麼時候該適時地放手，才能讓它順利地迎風飛起。**

輯二

再出發

工作，是為了下一次的出發能走得更遠、看得更廣，
每一次的歸來，讓工作變更美好、更有意義。

看哪裡

朋友的工作室裡堆滿了各式各樣製作金工的工具，在進門前的一刻，朋友出聲叫醒了那隻橫臥在門前的小黑狗。牠不情願地睜開眼、起身伸了一下懶腰，張口打了一個大大的呵欠，轉頭看了我們一眼，彷彿在用眼神抱怨作了一半的好夢被打擾，然後邁著慵懶的步伐走到牆邊躺下，這才騰出進門時可以落腳的地方。

往室內走去的過程，簡直就像攀岩一樣，每踩一腳都得仔細思考下一步該往哪裡前進。朋友說因為老舊的屋頂扛不住前陣子大雨的摧殘，許多東西都泡了水，最近正在整理樓下的房子，只好把東西暫時都往上堆，才會讓原本就擁擠的工作空間變得這麼凌亂。

走進加蓋的頂樓，半成品及加工用的各種材料堆得到處都是，空氣中瀰漫著一股金屬氧化的鏽味混合木頭泡水之後所散發的複雜氣味。朋友清出桌下的黑色板凳，拿起一塊布在上面擦了擦：「不好意思，這裡少有客人來，椅子都卡了一層灰。」說完就連忙收拾起桌面：「先坐一下，我收拾一下馬上好。」

環視朋友的工作室，雖然凌亂卻不骯髒。朋友說：「這工作檯看起來凌亂，卻有著我自己才懂的秩序感。雖然工具散落各處，當需要的時候只要手一伸，甚至連眼睛都不必看，就能精準地拿取到想要的工具；反而如果經過旁人的整理，一把原本轉身就能拿取的鐵鎚，就得找上半天還不一定能找得到。」

陽光穿過屋頂上破洞，一束光正好落在茶桌旁的小花器，幾株紫色的小花和幾片小小圓圓的綠葉，在花器裡清澈的水微微折射出光線襯托之下，更顯出花朵的鮮嫩與花梗的鮮綠，看上去充滿精神，與滿室的凌亂形成強烈對比。

「這花插得真好，有它在這裡，整個氛圍感都不一樣了。」

正要燒水泡茶的朋友聽見我這麼說，有些不好意思地搔了搔頭：「是這樣嗎？這是我昨天才換的花。最近工作有點忙，插盆花轉換一下心情。不過只有你這麼說欸，大家都覺得在這麼亂的空間裡還要擺上一盆花，顯得更加雜亂了，連我也在想還要不要繼續插花。」

心裡有花的人

聊了好一陣子朋友起身去拿沖煮咖啡的器具：「你再等我一下，我們換喝咖啡。」我抬頭望向屋頂的破洞，順著光由上往下看，發現陽光已經從桌旁的花移到了睡得正香的小黑身邊。

朋友見我一直看著小黑，對我說：「不要管牠，牠可以在那裡睡上一天。」

「我在學追日的夸父視線跟著太陽跑，不是在看小黑。」

朋友提著水回到桌前：「我想說睡覺的小黑有什麼好讓你一直盯著牠看的？」朋友坐下前，挪了挪桌旁的那盆花騰出一點空位，順手將剛用過的茶具堆到花前，這一刻我彷彿明白了為什麼有人會覺得這盆小花讓環境更加雜亂的原因。

當視線焦點擺在不同的地方，在同樣的空間裡所能接收到的訊息也不一樣。**我們的心決定了能看到什麼，也決定了自己能有什麼樣的心情。心裡有花的人，會覺得花讓空間變得更好；而覺得花讓環境顯得更加凌亂的人，是因為執著在眼前的這一片混亂。**

生活中，不可能時刻都存在著美好的事情，如果一直將注意力停留在不如意的事情上，不管身邊擁有再多值得開心的事，也同樣無法走出心情的低谷。

因為早餐時不小心打破了一個杯子，而將情緒停滯在摔落一地的杯子碎片就會讓一整天的心情變得灰暗；倘若專注在杯中好喝的咖啡，或許心情就會很不一樣。愉悅的心情與感受，和煩躁與悲傷的情緒相比，快樂似乎更容易消逝。我們的心就這麼點大的空間，如果將那些令自己不悅的事物塞進心裡，快樂也將被擠了出去，一顆心就會變得愈來愈灰暗，負面的情緒將會持續不斷地將人推向谷底。

我們都無須干預他人的生活，更無力改變這個世界，但是我們可以調整自己的心情。

就像有人認為朋友的工作室過於雜亂，但畢竟那是他的生活，自然有他的節奏，有屬於他能夠掌控的步調。來者都只是短暫的過客，又何必讓心情在這團雜亂上停留，一直將焦點貫注在灰塵或周圍凌亂無章的擺放，也許會令自己更坐立難安；還不如將目光放在那盆美麗的小花和映入桌前的日光，能讓自己處得更自在。

練習轉念

人生就像一條不停向前流去的長河，前行的過程中不斷地獲得與失去，失去的不會回來，但擁有過的喜悅卻可以伴我們一生。一直沉溺於心情的灰暗泥濘之中，就會失去更多手上所擁有的美好；轉個念頭，將心情切換到關注我們所擁有的當下，會發現低窪之後又是另一片山明水秀。**調整心情不易，卻是讓我們可以不斷前行的唯一途徑**。試著不執著於水面上不經意露出的一角底下暗藏是如何沉重的巨石，只管期待激起的水花將會是另一番明媚風景；不去想隨風飄落在水面的落葉是否擾亂平穩的水勢，逐波而流的各色葉脈又是一片風光。

「江上之清風，山間之明月，耳得之而為聲，目遇之而成色。」讓水面多映照這些造物者的無盡寶藏，就能讓生命多點喜悅與感動。**照顧好自己敏感的心，少一點「看不順眼」，再加一點「視而不見」，生活中的一切風景都將變得更不一樣。**

喝了一口朋友剛沖好的咖啡，咖啡的香氣並未完全地覆蓋了剛才殘留在鼻腔裡的茶香和留在喉頭的一點甘味。茶香並沒有不見，它只是暫時地被遮蔽；只要用心感受，那股淡淡的清香，還是會在鼻腔裡迴盪。不論好壞，所有曾經經歷過的一切都不曾消失，只是被淡化或遺忘。

當遭遇挫折與無奈的時候，靜下心來翻找那些隱藏在心裡的美好，一點一滴的累積，為自己匯集起一盞照亮生命的燭光。

轉頭看看桌上那盆剛才沐浴在陽光下的小花、環顧一下周圍的環境，覺得在這樣的空間裡有這一盆花真好，連剛進門時所感受的雜亂，似乎竟讓眼前的這盆花變得更美了。

不折腰

掀起門上那片布帘，推開老式木柵格子門走進一家居酒屋。天花板懸著幾個方形的燈籠暈著溫暖的黃光，狹長的板前吧檯前排滿整列大小不一的清酒和威士忌酒瓶。安靜的小店裡沒有其他客人，只有空氣中瀰漫著一股燒烤食物的香氣。

老闆聽說我來自台灣，開玩笑地說：「第一次有外國客人來，開店這麼多年了，今晚終於升格成為國際美食店，好好地慶祝一下。」

其實並不餓，只是想小酌一下，於是請老闆隨意幫我配幾樣下酒菜。

老闆回應了一聲，便拿起手上的食材開始料理起來。看著他認真料理的專注表情，對比空蕩的座席，忍不住開口問：「平常這時間，都沒什麼客人嗎？」

老闆停下忙碌的雙手，抬起頭對我說：「來過我店裡的客人都知道我的規矩多，最討厭去迎合或討好客人。如果在店裡的行為影響到其他人，我會一分錢不收，立刻請他走人。我自己年輕時當過業務員，也跑過很多地方。很清楚一個業務員在下班後想找個地方放鬆一下的心情很重要，如果因為生意而放任客人影響他人，那麼那些真正想放鬆的人怎麼辦？」

千萬不能委屈自己

遞來一盤炸得金黃酥脆的竹筴魚，老闆略顯激動地繼續說著：「不喜歡的人只會帶來讓你討厭的人，我為什麼要去在乎那些讓我不開心的人、甚至到最後讓工作環境充滿了自己討厭的人？」

夾起一片冒著熱氣的竹筴魚，咬了一口，又沾了一下桌上的醋醬，魚肉的細膩和鮮甜滿佈在口腔裡，裹著魚身的麵衣在乾淨的油鍋裡酥炸後，有種淡淡的穀物香氣從口腔深處延伸到鼻腔裡。

老闆指著旁邊那一小碟沾醬：「這是我自己調製的醋醬。魚新鮮、好吃很重要，但若是用錯了醬料，這盤料理就毀了；就像遇上了不對的人，搞砸了一天的心情，別說料理不好吃，回家連覺都睡不好。」語畢，用一種期待著肯定的眼神看著我。

「嗯，真的很好吃。」

「對吧？料理是這樣，人也是這樣。要用對醬料、用對的方法與人相處。你要記得，千萬不能委屈自己。」

話題一開，我們兩人天南地北地聊了起來，偶爾幾句聽不懂的日語，老闆立刻雙手併用，用豐富的表情和肢體語言補充說明。就像是在玩電視節目上的比手畫腳遊戲，在達成溝通目的後，兩人猶如贏得什麼大獎似地開心大笑。放鬆愜意的氛圍讓我不知不覺又多喝了幾杯，最後終於在一碗暖胃的茶泡飯後，帶點微醺走出大門。

雨後從海邊吹來的風拂過臉上，有一種全身心的舒暢，彷彿一天的疲累都在此刻消失了。仰起頭看著街邊的路燈，想起老闆剛剛說過的話：

「不喜歡的人只會帶來讓你討厭的人，我為什麼要去在乎那些讓我不開心的人？」

停止討好別人

不管在學校或是家裡，從小的教育都告訴我們，處事要圓融、要與人為善。然而「軟土深掘」是一種人性，更是一種自然的法則。人與人之間的交際相處就像在地表上四處滾動的圓球，應該要有自身的底線，愈沒有個性愈容易受到傷害。若沒有一點點稜角，就會在摩擦時為自己留下一道又一道的傷痕，隨著時間傷痕愈來愈深，終將變成一道道裂痕，對自己造成更大的傷害。

在人世間滾動，不傷害別人，但也千萬不能無止盡地磨損自己。若只是一味地討好別人，將自己無限壓縮，最後強大的壓力會將自己擠壓成一個黑洞，吞噬一切的自我，讓「我」消失得無影無蹤。變得麻木、覺得無助，甚至對未來失去期待與幻想。

不管在情感或事業上，或許夜深人靜時會感嘆：「為什麼自己總是遇到不好的人？」

仔細想想，這並不是因為自己運氣不好，而是我們一再地縱容他人用著我們不喜歡的方式來對待自己。不反抗、不作為，就是給他人傷害我們自己最好的機會。

一次和同行的朋友聊天，朋友問我為什麼都不會遇到不好的客人？而他卻常常遇到一堆「奧客」；不是交貨前突然減少訂單的數量，就是嫌東嫌西、想盡各種辦法挑毛病，其實最後的結果只是想要壓低價格。

我問朋友：「這種客人的訂單你下次還接嗎？」

他說：「還是接啊。」

客人並不覺得自己有錯，反而當成一種固定的合作模式，再將這樣的模式引介給其他人，如此往復循環也難怪一直都會遇到不好的客人。如果是我，我會跟他說：「我們還是做朋友就好，不要做生意，這樣至少還可以是朋友。」終止這種令自己痛苦的合作模式和錯誤的價值觀。

生活中隨時都會遭遇到不喜歡的人。不管是為了何種理由，都不必去刻意地討好那些讓人反感的人。為了生意討好客人、為了面子討好朋友、為了升遷討好上司，最後讓自身變成了連自己都不喜歡的樣子，處在不自在、不快樂的環境之中。然後開始覺得辛苦、覺得累，自怨自艾地認為委屈和心酸無處可訴、沒有人能理解。而造成這種結果、形成這樣局面的，其實不是別人，不正是那個覺得一切都是為了更好的生活而努力的自己？

做回真正的自己

為人很難，處世不易。如果要過得開心，人生有時候就要學學陶淵明「吾不能為五斗米折腰，拳拳事鄉里小人邪」的骨氣與勇氣。無止盡地討好與順從只會讓自己活得愈來愈卑微，愈來愈不開心。更無法獲得他人的尊重，因為沒有人會去尊重一個不尊重自己的人。

可以是好人，絕對不能是濫好人；可以是隨方就圓的泥，但不能是一灘爛泥；可以是迎風而倒的小草，但不能任何風一吹都倒；可以無為，但不能毫不作為。學學竹子，有骨、有節、有刺、有葉，才能在風中自在地搖擺身軀，愈長愈高。

一家在海港邊小小的居酒屋，溫暖的不只是胃，連心都暖暖的。不知道是最後那杯燒酎的作用，還是那碗加點的海苔茶泡飯帶來的溫暖；我想，或許是老闆那份體貼的心和爽朗的笑容，是他鄉遇知音的暢快，和今晚在酒肴裡學習到這寶貴的一課。

守破離

透過手機鏡頭，螢幕裡出現一把銀閃閃的大刀和目露凶光的雙眼，隨著吧檯前此起彼落的快門喀嚓聲，大將有如巨星出場般舉著大刀緩緩繞場一周，待所有賓客紛紛放下手機，立刻恢復親切和藹的笑容，收起刀轉身走到板前中央的位置對著滿座的客人慎重行禮。我轉頭看了一下身邊的客人，交談中發現今天全都是來自新加坡、香港的外國客人。

「現在要開始囉，在開始之前請大家注意幾件事，首先，大家有看到座位前方的手機座吧？沒錯，那是給各位放手機的。用餐期間請大家盡情地拍照，重點是，手機裡面一定要有我才可以。如果大家準備好了，我們就開始吧！」大將用一口日式英語，逗得全場都跟著興奮期待起來。

緊接著，他彎身取出一張報紙，彷彿魔術師準備開秀般以浮誇的手勢對著大家攤開報紙內頁，是大將左手掌上放著一片鮪魚大腹的照片，滿滿占據了報紙右側全幅版面。「這一大篇是美國《紐約時報》對我的報導，在開始之前先跟大家分享一下。當然，千萬別忘記拿起你的手機拍下我與《紐約時報》的合影！」

一陣閃光燈後，餐期正式拉開序幕。率先登場的是一大盤上面點綴著魚子醬的海膽手卷，大將逐一將奢華豪氣的手卷遞交到客人手上，每奉上一次手卷都不忘在手機前以張力十足的表情定格停頓，並用英語向客人介紹食材及接下來的料理呈現。偶爾也會因為某些單詞想不起來而有所停頓，但他依舊努力在腦中思索如何做出表達。

席間用餐氣氛，隨著大將渲染力十足的表演不斷堆疊，客人的眼中都流露著雀躍，期待下一分鐘大將又會帶來什麼驚喜。一轉身大將手上出現了一大盤活力滿滿蠕動不停的鮑魚，下一幕又是一尾一米多長的野生鱈魚。眾人的驚呼聲中，大將煞有其事地拿著一個罩著蓋子的大盤，指揮兩側的客人離開座位到正前方來拍照，他以一貫中氣十足自信的嗓音開口：「女士先生們！這一刻非常精彩，請將各位的手機調整成慢動作錄影模式，大家準備好了嗎？」小小的店面瞬間變成演唱會搖滾區，只見每個客人都屏氣凝神，盯著手機螢幕裡那個頂著大光頭的高壯身影下達指令：「三、二、一！」怒目金剛般的誇張表情，他攤開右手掌朝上、用食指和中指夾住蓋鈕，以迅雷不及掩耳的速度向上提起玻璃蓋，一股白煙佈滿在透明的蓋子裡，盤子上顯露出兩大塊粉色油亮的魚肉，大將右手迅速順時鐘畫了一個圈，白色的煙霧形成一個超大的煙圈圍繞在他的胸前。這一幕引起了在場所有人的驚呼和歡笑聲，大將也帶著滿意的笑容回到料理檯前，繼續用他不太流利的英語，賣力地介紹著手中的食材和他對壽司的熱愛。

九州偏郊的小倉市，觀光客稀罕的平日午餐時間，掌門三代目渡邊大將以高度的專注與熱情、有別於傳統壽司店的浮誇手法，吸引海外遊客坐滿了吧檯座位，只為親身體驗他自創獨樹一格的渡邊流「照壽司」。

只有自己知曉的努力

想起前幾日在藤田先生家的餐桌上，隨著酒精的催化，氣氛也愈加熱烈，大夥開始天南地北地聊了起來。聊到產業的延續和轉型，藤田突然說：「你聽過しゅはり嗎？」面對這個陌生的詞，我搖了搖頭，藤田拿起紙筆在酒杯旁寫下了「守破離」三個字。

在渡邊大將目送下，我走出了照壽司，對上大將直至客人離開最後一刻仍不鬆懈的專注眼神，在他身上看到了料理人「一生懸命」的拚搏意志；也就是在這一刻開始，我才深深體悟了這三個字背後的意涵。

所謂的「守」就是遵從教導與規範。不管任何行業或學習，在剛開始的時候，不需要有太多的想法，虛心地接受一切的教導和規範，卻也並非盲目地埋頭苦修，對於所學習的一切，不只要知其然更應知其所以然。安分地從前人的身上學習吸收一切的養分，日積月累之下，慢慢地成為一個具有基本能力及技術基礎的人，在自己的本位上能夠不用依靠他人而獨立完成一份工作，或別人所交託的任務及修正過程中所發生的錯誤。

「破」並不是打破規矩或刻意地挑戰傳統，而是脫離框架和教條的綑綁，努力地實踐在「守」的過程中累積的經驗，並在實踐中不斷地吸收來自其他領域或流派的知識，修正與調整自身的狀態與思維。在既有的基礎上，開闢一條未曾有人走過的蹊徑。鍛煉心技逐漸合一的精神進修階段。

「離」是脫離、是再創，但卻不是拋棄過去，相反的是一種融合。融合了「守」與「破」的基礎後所衍生的一種全然不同的狀態或格局，是一種重生、一種昇華。

有心卻無意的轉換

名揚國際的照壽司，讓許多外國人專程跑到九州的小倉來，也透過他所捏握的壽司及充滿戲劇張力的誇張表演，認識或重新定義了日本的壽司文化。在渡邊大將耀眼光環的背後，更讓我驚嘆的是，他對板前演示每個動作的精準掌握。這看似平凡的一切，甚至是眼神及笑容，不知經過了多少時間的累積和練習才能有這樣的成果。或許在傳統的壽司師傅眼中，他的手藝過於離經叛道、譁眾取寵，卻是他努力開創出的一條嶄新的道路。

一名合格壽司師傅的修業之路，從洗米、煮飯、分辨魚貨、處理食材再到捏握壽司等一切技藝的學習，都需要日以繼夜反覆練習，讓肢體動作產生記憶及反射的基本功。具備成為一個職人的技能之後，再透過與服務客人的互動及觀察，因應季節轉換調整米飯的溫度、針對客人食量調整飯量的多寡，在手接觸米飯的那一刻，身體便須做出最精準的判斷。還得從中不斷檢視自身的手藝及能力，並思考如何讓自己與眾不同，在同業中開拓一條屬於自己的道路，是一個壽司職人實行「守破離」的過程。

從守到破再到離的歷程，是一種有心卻無意的轉換，但每個階段的轉換卻沒有明顯的分際線。所謂見山是山，見山不是山，見山還是山。不管哪一種職業，在未修習任何技藝之前，從外行人的角度會認為好像怎麼做都對；當真正開始進入學習之後，取得了一定程度的相關知識及認知時，就開始覺得怎麼做好像都不對，所有的動作都必須符合所認知的規範。當學習到一定的高度之後，所考慮的就不再是動作是否正確，而是怎麼做才能變得更好及與眾不同。所謂從心所欲而不逾矩，是因為已經能夠做到了「不逾矩」所以才能「從心所欲」。

回憶起二十年前，在那個即將被高速公路連接道工程輾壓的窯場裡，和老師傅用著超大的茶壺喝茶的對話中，提起了過往的「南投陶」。經歷了兩百年的傳續之後，在各種輕薄的塑膠、玻璃及金屬逐漸取代了陶瓷之際，當時大多窯場的選擇是減少工序、削價競爭。或許是因為大環境變化的速度太快，快到來不及思考整個產業的走向，百年傳統產業始終停留在「守」的階段，而未能開創新局，最終走入歷史，將那些曾經的輝煌埋在了荒煙蔓草與柏油路下。

但成長是一種累積而不是時機，轉念才能帶來轉機。

年近百歲的壽司之神小野二郎曾說：「一旦決定好自己的職業，就要全心投入工作之中，愛自己的工作，千萬不要有怨言。窮盡一生磨練技能，就是成功的祕訣，也是使人敬重的關鍵。即使到了我這個年紀工作也還沒有達到完美的程度。我一直重複同樣的事情以求精進，總是嚮往能夠有所進步，我繼續向上努力達到巔峰，但沒人知道巔峰在哪。」

提醒自己，技藝的修習沒有終點，產業的發展也沒有邊際。**有了足夠的積累，才能讓量變轉換為質變**。漫漫長路上要耐得住寂寞，面對沿途的美景也要經得起誘惑。熟悉產業的內涵與文化並將之融會貫通，試著突破傳統的做法，再加入不同的思維與元素。**不跟風、不盲從，努力地向內挖掘，找到一條屬於自己的道路，堅持地走下去。**

十五分鐘

百年的木構建築「好日居」裡，日本友人為我策劃了人生第一次的海外個展，從談定展覽開始，內心就充滿了期待。幾次與策展朋友的線上討論，從場地佈置、相關活動的流程安排到賓客接待，深刻地感受到了國風民情對於待人接物的差異，對我來說是一次很特別的學習經驗。

祇園祭前的京都，天氣燠熱的程度一點都不輸台灣。走在無風的街道上，烈日接觸皮膚的燒灼感與地面蒸散出來的熱氣，就像待在大烤爐裡上下夾擊、頭腳受熱的感覺；唯一的差別是日本的氣候乾燥，雖然熱卻不至於像台灣這樣一流汗就濕黏難受。看到出席展場的來賓穿著厚重的和服仍是舉止優雅、臉上還掛著微笑，好像這近四十度的高溫完全與他無關，著實令人佩服。心想莫非他背上的腰帶紮起的包袱裡，藏著保冷劑或微型冷氣，否則在這樣的天氣之下為何還能忍受那一身厚重的華衣。

為了和朋友討論當天活動進程的細節與客人們的反應，我每天都會提前一個小時左右到展場。某日正是烈日當空的中午時間，一位頭髮花白的老爺爺騎著腳踏車出現在好日居的門前。只見他推開玄關木柵門，臉上還掛著幾滴高溫逼出的汗水：

「請問開始營業了嗎？」

「我們一點鐘開始喔。」

老先生往外走了幾步之後，又回頭問道：

「請問是不是有陶藝展？」

「是啊，也是一點鐘開始喔。」

「好的，謝謝。」

於是老爺爺走到腳踏車邊繼續頂著豔陽，用手帕擦拭著額頭不停湧出的汗水。

我看了看牆上的時鐘，十二點四十五分，透過木柵門看著老爺爺的背影站在沒有屋簷遮蔽的烈日下，轉頭向朋友發問：「不是只剩十五分鐘嗎？」

朋友也看了一眼牆上的時鐘：「對啊，還有十五分鐘。」

「那為什麼不讓老爺爺進來？」

「還有十五分鐘啊。」朋友疑惑地看著我。

一時之間，我無法理解朋友對時間的堅持，兩人彼此用疑惑的眼神對望著。我無法理解的是，如此炎熱的天氣，明明只差十五分鐘就開展，怎麼忍心叫一個滿頭大汗的老先生站在豔陽下揮汗如雨？朋友逕自起身到二樓去更衣，我只能望著牆上的鐘，焦急等待長針走向整點。

一點整，朋友掛起門口的門簾，向早已候在門外的賓客們深深一鞠躬，我和另外幾位朋友跪坐玄關處等待迎接賓客的到來。方才那位早到的老爺爺也跟著其他的賓客魚貫進入會場，笑咪咪地接過手上冰涼的迎賓茶，「啊，還有冰涼的茶水真好。」一臉幸福滿足的笑容，不見絲毫不悅，更沒有埋怨為什麼大老遠地騎腳踏車來，還讓他在大太陽底下曬了十五分鐘。

先照顧好自己才能照顧好別人

展覽結束後，晚餐席間大家愉快聊著天，想起白天因為早到而在烈日門外等候的老爺爺，心中仍感到一股淡淡的歉意，於是問朋友：「你們平常活動一定都要準時開始嗎？提前一點點都不行嗎？」朋友聽完後大笑：「你還在想著中午的事情呀？」同桌的朋友也跟著笑了起來。

「老爺爺來的時候，還沒到營業時間，我連衣服都還沒換，還沒準備好的情況下接待客人是很不禮貌的。」朋友接著往下解釋：做為店家，必須在完全準備好的情況下才能迎接客人，也只有在完全準備好的情況下才能為客人提供最好的服務。**提前到是客人的選擇；但若是迎合提前到來的客人，而沒有做好準備，就成了店家的問題。**如果因為一時心軟和不好意思，讓客人進到店裡看到慌忙的一幕，或是讓自己的心情因此而焦躁不安，反而失去了服務該有的態度和讓客人舒適、滿意的服務精神。

一邊聽著朋友的接待之道，一邊回想自己在那十五分鐘內焦躁等待時間來到的急迫，對比朋友從容接待賓客的好整以暇；因為思考的角度不同，所顯現的狀態也不同。在台灣我們更講究人情，會希望不要讓客人在烈日之下煎熬，但就像朋友所言，放行的結果往往就是造成自己的慌亂。

在台灣的許多店家，特別是一些知名的小吃店，都會跟客人說：「裡面自己找位子，找到座位再來點餐。」常會看到許多餐桌旁邊站了一家大小：「欸，這一桌快吃完了，我們等一下坐在這裡。」於是一家人就這麼盯著那桌正在用餐的人，用眼神詢問：「是要吃完了沒，剩一口湯還不快點喝一喝。」待客人一起身，桌上都還沒整理，一家人就深怕位子被搶似地一屁股坐了下去，同時嘴裡還要喊道：「快點坐，不然等一下沒位子。」

這是我們經常都有的共同經驗，似乎也人人習以為常。試想，當我們身為食客，邊用餐邊接收來自身旁等待桌面的關切眼神，心中是否也倍感壓力？有壓力時又如何能好好享用美食？

相似的用餐情境將場景切換成日本，哪怕是街邊的屋台，等待用餐的客人一定保持與座位有著一段距離，而且一定是等座位整理好後才會讓客人入座。如果將台灣與日本的店家並列在一起，彼此間還是會有著像我和朋友那兩句「只剩十五分鐘」與「還有十五分鐘」的疑惑。

享用任何的食物，不管是在家或在餐廳、是便宜的便當或是米其林餐點，應該不光只是單純地維持生命的體徵，更應該是一種感官的享受。味覺是最直接卻不應該是唯一被關注的，心情的感受才是更應該被在乎的。我們很難一直記得某道料理吃進口中的味道，但卻會一直記得在某個地方用餐的整體感受。

就服務而言，更應該是站在客人的角度去思考。以為讓所有人方便的結果，極有可能是僅有店家方便，卻造成客人們都不方便。對於店家而言，客人自己找位子是最便捷與省力的方法，卻未必是良好的用餐體驗。甚至看過店家跟客人說：「要吃就是要等喔，不想等就不要吃。」話雖是事實，但是不是可以有更好的表達方式？

好的服務不應該只是表面的招呼或制式的回應，而是懂得站在客戶的角度思考。人情不該勝於規矩，有時表面看似冷漠的行為，實則只是因為不想讓自己的熱情消失。不讓自己慌亂，不給客人麻煩，站在真心服務的角度上，該堅持的也無須退讓，就像這提前的十五分鐘。

沒有手

出差北京一個寒流來襲的夜晚，在后海附近人潮熙攘的小道旁，一群人圍成了一圈，我也忍不住好奇地跟著上前觀看。一盞微弱的燈光照在一張鋪了塑膠板的小折疊桌上，一旁的小推車上放了幾個塑膠箱，裡面隱約可以看到塑膠袋包裹著幾塊麵團一樣的東西，有紅、有藍、有白、有黃。桌子前方的木架上插了幾支造型簡單，色彩繽紛的捏麵人。

一個大約二十幾歲的年輕人衣著單薄地跪坐在桌前，不斷地大聲重複道：「不好意思，我們給後面的大夥兒讓讓路，不要妨礙大家的通行，謝謝大家，謝謝。」他低頭用嘴巴咬起一條綁在塑膠盒上的拉環，掀開塑膠盒的蓋子，用手夾起一支扁長的細棍，切下一塊麵團放在桌上，再將蓋子闔上。這一刻我才驚訝地發現，這個滿臉笑意的年輕人竟然只有上半截手臂。或許是遭遇意外，兩隻手整齊地斷在同樣的地方，手臂末端還留有傷口癒合後皮膚拉扯糾結包覆猶如蒸籠裡包子的形狀。

他用嘴咬起另一支木製工具，用手壓住一大塊麵團，再切成許多不同的小段，接著用他僅剩三分之二的雙手開始不停地搓揉各色麵團，將各種不同的色塊貼合，再用嘴上的工具刻劃出不同的線條；或咬起一根細細的竹籤，挑起桌上芝麻般地小黑點往上一黏，就成了卡通造型人物的眼睛。少了靈活手指的捏塑，他手上的麵偶並不精緻，或可說略顯粗糙；但透過配色和造型，還是看得出他所想要捏塑的人物或花朵。

或許是被現場的人群吸引，圍觀的人愈來愈多，但購買的人卻很少，大家都只是好奇地圍觀著，人群中不時透著細聲交談：

「欸，他沒有手欸，好厲害喔。」

「他這樣不會冷嗎？」

「那隻黃色的是皮卡丘吧？」

一對年輕的情侶從旁邊走過，女孩說：「咦，大家在看什麼？我們去看看。」男孩轉頭看了一眼，「乞丐而已，有什麼好看。走，我們看電影去啦。」兩人轉身又嬉鬧地離開了那團圍觀的人群。

面對身邊的耳語，年輕人沒有回答，微笑地低著頭捏塑手上的麵偶。一段時間後，年輕人口中依舊只有那句：「請不要擋到後面的行人通行，謝謝。」

也許是害怕妨礙交通會引來城管的驅趕或行人的咒罵，所以才會不停重複這句話。說完，帶著笑意，繼續著他手上的動作。沒有對他的遭遇做出任何的解釋或立牌說明，只是笑著、捏著，就這樣一直重複著。

聽到情侶兩人的對話，我轉頭凝視那個跪坐在地上的年輕人，無法理解為什麼會用乞丐這樣的字眼來稱呼他？沒有人願意自身殘疾，不管先天或是生命中的意外，都是巨大的無奈。也並非每一個人都有面對自我缺陷的勇氣，並為掙脫命運的擺弄做出最大的努力。縱使肢體上有所缺陷，卻仍努力地燃燒自己來換取金錢，就不應該被說是乞丐。

眼前的年輕人並沒有因為自身的缺陷而自暴自棄，也沒有販賣悲慘的故事來換取眾人的同情或金錢；**一個人受尊重與否，不在他的肢體是否殘缺，而是面對生命時的態度**。他用自己少了一截的雙手和命運拚搏，儘管所做的作品並不精美，但他的笑容中沒有一絲無奈，眼神中透露出不願向命運低頭的光芒。他並沒有向任何人乞討，行為上沒有，眼神中更沒有。

從尊重自己開始

生活總會給人不同的試煉，也沒有人是完美的。但在期望別人接受自己之前，首先要能夠接受自己。只要能夠接受自己的不完美，哪怕是肢體的殘缺，只要努力地展現生命的力量，也應該獲得他人的尊重。就像一棵傾倒的枯木，只要它還努力地冒著新芽，就沒有人會在意它的殘枝破幹，反而讚歎生命的堅強，而那些腐朽敗壞的缺口，就如同是在戰場上奮勇殺敵的勝利徽章。

反觀有些人只因為生活條件不如人，就一天到晚抱怨老天或社會的不公，希望透過各種管道輕易地獲取更多的資源。別人的成功在他的眼中，就只是幸運或僥倖，而自己的失敗都是因為各種的不公平。寧願待在家裡也不願外出工作，對生命展現出一種「反正我再努力也就是這樣」的消極對抗。終日渾渾噩噩消磨此生，虛度了光陰也浪費了生命。

一個人如果不能夠接受自己，哪怕只是長了一顆青春痘，走在路上都會覺得全世界的人都盯著自己的臉看，整天無精打采、遮遮掩掩，低著頭走路。一點點小小的不完美都足以意志消沉的人，更別說因為其他更明顯的殘缺而讓自己身陷在遺憾或悔恨之中。就像一朵低著頭的玫瑰，毫無生氣，儘管嬌顏正盛，也無法吸引他人的注目，因為，誰也不會喜歡與一個消極沒有生趣的負能量相處。

「天地不仁，以萬物為芻狗。」老天從來不會偏愛於任何一個人；但這個世界上本來就沒有絕對的公平，許多人追求一生的終點也許是某些人的起點。有些人的人生舞台，登場就是含著金湯匙出生，在一生追求富貴、卻起手平庸甚至是落差甚鉅的人眼中，是再多的埋怨與仇恨也改變逆轉不了的事實。**然而起點的優越與否，並不決定生命地位的高低；一個人想要獲得尊重，就要先尊重自己，一個放棄自己、看不起自己的**

人，自然永遠也無法獲得他人的尊重。正因上天的公平對待和世間諸多起點的不相對等，才能從生命中看到無限發展的可能與堅強的韌性。儘管起點的不同影響人生劇本的走向，然而終點的結果卻自始至終掌握在自己手中。

活著，就有希望

我開口問：「這太陽花多少錢？」

「都是五塊錢，麻煩您掃碼，自己拿。」

我拿起手機，在桌前掃了碼，拿起一朵向日葵。年輕人朝我點了點頭，燦爛地笑著說了一聲「謝謝。」繼續低頭捏他的麵團。拿著手上這朵在暗夜寒風中的向日葵，朝著飯店的方向慢慢走去，逐漸遠離人群時，又從身後傳來年輕人的聲音：「麻煩大夥兒給後面讓讓路。」

走過一座又一座的街燈，看著手上的這朵向日葵，似乎也在黑夜裡幽幽地放著光。或許生來就比別人辛苦，也許正經歷許多的失去與苦痛。但至少我們還有手，已經比世上的許多人擁有得更多。如果一個沒有手的年輕人都能夠帶著笑容迎向黑夜中的寒風，我們還有什麼資格抱怨，甚至放棄一切努力與厄運拚搏。

人生沒有過不去的坎，人活著，需要的不是同情乃是尊重。

吃婆婆豆腐

「請問是林先生嗎？」

「是的。」

「請問您昨天早上是不是去樓下的豆腐店吃過早餐？」

「是這樣的，川島豆腐的店長婆婆剛才來過，為了謝謝您送的茶葉，準備了回禮要轉交給您。」

一進門就迎來飯店櫃檯人員的詢問，讓我突然緊張了起來，心想做錯了什麼事嗎？豆腐店的人怎麼會找到飯店來？聽完一番說明後接過紙袋，就像再次握著婆婆厚實的手掌，那樣堅定溫暖。

九州唐津市的川島豆腐是一家百年老店，也是手工棉豆腐的發源店。傳統的日式建築、門口的小冰櫃陳列著好幾種黃豆製品，站在對街就能聞到空氣中有一股淡淡豆甜香。

推開木格門，室內沒有豪華的裝修，只有簡單的吧檯，透過吧檯後的暖簾，可以看見幾個工作人員不斷忙碌著，而前台的服務區只有店長婆婆一人獨挑大梁。鑲著木條的白牆上，只有幾筆墨色勾勒的線條，所畫的也僅是一隻站在枝頭上的長腿小鳥，除此之外即一無所有。一如店裡的料理，沒有任何複雜的調味與擺盤，只有最簡單樸素的自然風味。

飲品、涼拌、調味、油炸、入粥、煮湯，甚至是做成甜品，主角豆腐被變化成全豆宴中的一道道佳肴。每個人都低著頭默默地品嘗豆腐的美味，頻頻點頭，彼此間沒有太多的交流，彷彿一張口，嘴裡的美味就會飛掉似的。過程中婆婆親切地過來用和緩的語氣招呼，提醒豆腐都可以免費再續，盡量吃。無論是餐點或是用餐的節奏都讓人感到舒服放鬆，但眼前的這一切，似乎與我行前在店家評論上看到的部分負面評價有所出入。

用完甜點後，店裡已無其他客人，坐在吧檯前與婆婆聊了起來。因為在網路上看到有些評論寫著這裡是標準的「外國人不友善」餐廳，說笑地對婆婆表示，實在來之前我有一點緊張的。婆婆睜大了眼、摀著嘴有些吃驚地問：「是這樣嗎？我從來不知道有什麼評論，也不在乎別人說什麼，對我來說最重要的就是把豆腐做好。」歪頭一陣苦思之後，婆婆好像突然想起什麼，有些激動地開口：

「啊！我想到了。有一陣子，好像有什麼米其林的，店裡突然來了很多的外國客人，我一句外國語言都不會，很怕跟客人對話，因為聽不懂而尷尬，也怕不良的溝通過程中造成誤會，所以當外國客人來時，我會比較謹慎，盡量上餐後只做簡單的介紹，減少其他的交流。」

看著婆婆一臉真切地解釋，我們忍不住相視大笑，或許這就是造成負評的原因。婆婆接著說，來豆腐店的大部分是日本人，除了這幾年臨近的韓國觀光客逐漸增加，海外的客人並不常見。就連我向婆婆介紹自己來自台灣時，她也只是回應給我一個溫暖卻茫然的微笑：「喔，台灣。」對於未曾離開過九州、甚至很少離開唐津的婆婆而言，從到訪旅客口中聽聞的國家都只是一個個陌生的地名，就像棋盤格上一個個擺放在不同位置上的跳棋，並沒有嚮往之心。

全心全意地專注

好奇地接著問婆婆平常的興趣是什麼？

「豆腐。」
「豆腐？」
「是啊，我的生活只有豆腐，因為喜歡所以不覺得累，只要客人吃得開心，我也會很開心。」
「不要以為做豆腐是簡單的事情喔。從豆子開始就是我們自己栽種，店裡的每一顆豆子都是精心挑選出來的。就連運輸都是一件重要的事，要輕輕地不能讓豆子受傷。豆子受了傷，它的痛就會傳給豆腐。就像我們要時刻照顧好自己的心，一旦受傷了，我們的人生也會有缺口。煮豆子的過程更是要時刻小心、注意火候。不能把豆漿煮壞了，否則就不只是浪費了這些豆子，而是辜負了那麼多人的努力與客人的期待。」
提起豆腐，婆婆眼裡立刻散發自信驕傲的光芒，看著她神采飛揚的笑容，內心有一種說不出的感動。終於明白為什麼一家豆腐店可以撐過百年，因為她的生命中只專注在一件事。小小的一塊豆腐之所以好吃，並不是因為料理高超，而是因為它承載了一群職人的精神和意志。全心全意投入的用心和熱情，才讓這裡的每一塊豆腐有了完全不同的滋味。

「米其林說我好，我覺得不重要；外國客人批評我也沒關係，至少他們不是批評豆腐。我在乎的是懂得豆腐的人覺得它好就足夠了，那你喜歡嗎？」

「我太喜歡了。」

「那這樣就夠了。」婆婆笑著說。

每個人都期望著被理解、被接受；但婆婆只在乎豆腐、只知道要全力以赴做好每塊豆腐，才不辜負圍繞在這塊豆腐的每個人。**人的一生要能專心致志地做好一件事已是不易，要能不計榮辱地勇敢堅持則更是難得**。每一條道路的起點，出發前總有著遠大的目標與雄心壯志，但往往讓所有努力功虧一簣的，通常不是別人而是自己。太在乎別人的眼光和評論，就像將一塊塊沉重的石頭放進自己的行囊，讓自己疲憊不堪，終致癱瘓。一條路該怎麼走永遠只有自己知道，能走到哪裡也只有自己最清楚。**人的一生有多長，誰也無法解答，也許就只是從豆子變成了豆腐般短暫；每個階段都不能輕忽，因為所有的過程一眨眼就過去了。**

你一定要再回來

臨近中午，離開唐津之前，收拾好行李決定再去找婆婆吃一次豆腐。婆婆剛好不在店裡，我站在店門前看著這整潔樸實的環境。一塵不染的冰櫃裡擺放整齊商品，牆上沒有名人照片、簽名，也沒有獎狀或獎牌，甚至連大家最在乎的米其林相關標示也沒有。只有一個立牌用日文簡單寫著幾個大字，手工棉豆腐發源店，果然豆腐才是店裡唯一的在乎和驕傲。

上前點了一份炸豆腐和一瓶現榨豆漿，等待取餐的時候，從外面回來的婆婆從我身邊走過，她逕自走進廚房並沒有看到我。從店裡端出豆腐時，婆婆露出了燦爛的笑容，「是你呀，我剛剛怎麼沒看到你？」

「因為你眼中只有豆腐啊。」婆婆聽完後笑得更開心了。

接過婆婆手上的豆腐，我跟婆婆說：「今天要離開唐津了，離開之前我還想再試試這樣的好味道，也來謝謝婆婆送我的御守。」婆婆聽完後突然紅了眼眶，「我可以抱你一下嗎？」放下手中的豆腐，和婆婆來了一次道別前的擁抱，「你要再回來喔。」婆婆說。

坐上了開往博多方向的列車，嘴裡還殘留著豆腐的香氣，身上還帶著剛剛與婆婆擁抱時的體溫，腦海裡迴盪的是婆婆口中：「米其林說我好，我覺得不重要。外國客人批評我也沒關係，至少他們不是批評豆腐。我在乎的是懂得豆腐的人覺得它好就足夠了。」一個將豆腐視為生命的婆婆，一個真切熱愛自己生命的人。

我一定會再來九州，特別是唐津。再來吃婆婆的豆腐，感受一下這少有的美味與溫情。

←豆腐販売はこちらでも承っております
ざる豆腐
発祥の店

かわしま
とうふ

逝去的時代

拜訪藤田先生當天，天空飄著細雨。除了停車格後方的地上，隱約看得到一個小小的木片用毛筆寫著「藤田」，附近沒有任何相關的指標。想要找個人問，但飄著微雨的這條山道小徑上，雖是屋舍比鄰，卻看不見一個人影。走向身後的小巷，沿途安靜得只聽到雨水在屋頂上匯集後從落水口而下的嘩啦聲，和自己緩步前行的腳步聲。原本以為會偶遇幾隻慵懶的小貓在屋簷下躲雨，卻只看見在水窪和障子門上反映出我一個人的身影。幾分鐘後看見斜坡下成堆整齊放置的石膏模，應該就是這裡了吧。

看著斜坡下一座座的層架上，滿是各類的坯體和石膏模，層架下方的地板覆蓋著一層塵土。走道上的水泥地板卻是清晰可見紋路。屋頂的水柱不斷地灑落在房角一旁的大水槽，將原本沉澱了的泥水滴灑成杏仁茶一般的顏色。

在門前問候了一聲，藤田先生應聲後、拉開木門從裡面走了出來。簡單的寒暄後，帶著我走進他的工作室。他用略高的聲調與和緩的語氣，以及親切的笑容，拿出一個手寫的小白板向我介紹起工坊主要的生產概況和波佐見燒的特色。我坐在一旁的工作檯試著刻畫石膏模。而藤田先生則是回到自己的工作檯前，開始了他的工作日常。

三代人的印記

窗外的光線映照著幾個半埋在地上的大桶子，藤田先生說：「這些大桶子是我爺爺時期就留下的，現在工坊只有我一個人，量沒有那麼大，所以都荒廢了。」說完便起身帶我走向工坊更深的角落。

望著牆角一落落高高堆起的石膏模和眼前層架上的半成品，可以想見在早期這間工坊裡有多麼的忙碌與熱鬧。

轉身低頭時，瞥見剛才走過的地板上竟有許多微微凸起的小石頭，看起來就像公園裡由各種大小鵝卵石鋪成的健康步道。如果沒有仔細觀察，從上方走過時，對於腳底下的隆起幾乎完全無感。

「為什麼這個地方要特別用石頭砌一條路啊？」我禁不住好奇地問。

「喔，這不是石頭，是從我爺爺開始一直到現在三代人踩踏出來的印記。」說完便舉起腳掌、翻起鞋底，對我說：「你看就是這樣的痕跡。」

接著又俯身摳了一塊土交到我手上：「你看，這真的是土。踩在這樣的地板上，總讓我有一種心安的感覺。」

看著藤田先生的舉動讓我有些驚訝，是多少步伐和年歲的交錯才能形成這樣的景象；又是多少情感和記憶的累積才能造就眼前這些看似不起眼的痕跡。**放在我手心的雖然是一塊土，但其實更是青春歲月堆疊而壓出的印記**。

整個下午就這樣跟著藤田先生的步伐來回踩踏在這令人感動的走道上。我刻意放慢腳步，仔細地感受著腳底下的每一個凸點，感受那股在每次的踩踏時支撐著自己舉步向前的力量。

無法說出的力量

傍晚結束拜訪前，藤田先生熱情地邀請我到家裡用餐，原想婉拒，最後還是不敵他再三邀請，於是跟著前往叨擾。從工坊回藤田家的斜坡上，藤田先生突然停下腳步，打開了路旁一個小木門。裡面是一個視野開闊的小空間，窗外雨景映著對面山壁上各種深淺不一的黃和漸層多變的綠。中間的木桌上收疊著一落落的廚具和餐盤，「這是我太太經營的小食堂，不過已經打算退休不再營業了。」藤田先生笑著說。

跟著藤田先生走進離工坊不遠的住家，進門後看見藤田太太還在廚房忙碌著。餐桌上已經擺放著用青花彩繪瓷碗盛裝的散壽司。晶瑩剔透的壽司飯上散著蛋絲，一旁還有藤田太太醃製的醬瓜，和一盤肉色紅潤看起來軟嫩可口的煙燻鴨肉。品嘗著這美味的家庭料理，一想到藤田太太的食堂要結束營業，不免感到惋惜。

「我們的時代過去了。現在的年輕人不喜歡這些，這幾年來這裡賞花的人愈來愈少了，而且這麼多年也覺得累了。」藤田太太略顯惆悵地說。

說話間，藤田先生的兒子剛好下班回到家，對於我的貿然到訪感到有些意外，但在餐桌上幾杯酒精下肚後，氣氛也逐漸熱絡起來。聊到工作的時候，我問藤田先生對於這份工作有沒有想過要反抗？他想了一下說：「一開始沒想過要反抗，等到想反抗的時候，爸爸已經不在了，所以也不知道該跟誰反抗，不知不覺就走了這麼多年。我也說不清楚為什麼持續做著這份工作，不過支持著我的是某種我還無法說出的力量。」

聊到工坊深處的那條凹凸不平的地板走道，藤田先生的兒子卻是睜大眼吃驚地表示他從來沒有注意到。我回想著那些累積了三代的足跡，如果沒有人繼續踩踏，很快地也將會逐漸黯淡，最終被塵土所掩沒。

流逝的情感與記憶

一個時代的結束或過去，並不是當初堅持的人不想再努力，而是後繼無人的無奈、沒有市場支撐的無力與絕望，使人不得不放棄。像藤田先生這樣的一份工作，包括簡單到連自己都不知道為何堅持的執著和熱情，值得被好好地支持和延續。

同樣身為人父，面對自己熱愛的工作與下一代的自由意識，固然心中有所期待，也不會輕易地對下一代說出口，強制要求傳承；只想盡自己最大的努力，讓這份熱情能夠多一點延續。

在這個一切講究效率的「快時代」，每個角落都有許多不為人所重視的技藝或味道，正在一點一滴悄悄地流逝。或許這些消失對我們的生活並沒有太大的影響，但失去的不只是一家工坊或餐館，而是某些深刻的情感和記憶。如果我們都不關心這些街頭巷角殘存的溫暖，**放任人情逐漸疏離，讓那些陪伴自己成長的回憶變成一片空白，這塊土地也將逐漸失去了情感的厚度，變得淺薄而空虛。**

想起藤田先生在工坊裡不分寒暑，日夜孤獨的身影，多盼望這樣的美好與家族的傳承永遠不要過去，而是以另一種形式在新的世代永遠延續下去。也期待藤田太太的食堂明年再與櫻花一同盛開，讓春天留下更多美好的記憶。

輯三

紀念品

一天或一週，即使只是一頓晚餐的時光，不分地域、無拘時間長短，
隨時帶著心出走，感悟與感動就是最好的紀念品。

沒有最好的季節，
轉個念一切都是剛剛好

特別的存在

「先不要講話，我們在這裡等一下，她們在裡面講電話。」一到朋友的畫室剛準備入門就看到他和另一位學員站在門口。心裡雖然納悶，也跟著在門外停下了腳步。隔著門隱約聽得到畫室裡有人說話的聲音，幾分鐘後通話結束，其中一個女性學員開了門：「不好意思，還讓你們出來等。」

我想或許是電話中談論的話題不便讓外人知道，所以才先將朋友請出畫室，便也沒再多問。聊沒幾句，那位學員的電話又響起，朋友放下手中剛拿起的畫筆，將食指放在嘴唇前，用頭撇了撇門口的方向，我們又再一次走出畫室。半掩的門後傳來對話，「對啊，剛剛訊號不好，我今天跟朋友來畫室上課，你看就我們幾個啊，你都認識的……」

視訊通話結束後，走進畫室迎面而來是女學員寫滿愧疚的臉。

「我老公工作比較忙，經常都在外地出差，隨時都會打電話回來。他呀，就是容易緊張的性格，電話響超過三聲沒接到，他就會開始焦躁。而且我老公不喜歡我出席有其他異性的場合，所以才會請大家暫時迴避，造成大家的困擾真的很不好意思。」

「你們一直都這樣嗎？」我忍不住好奇地問。

「對呀，結婚前就這樣，我們都習慣了。」

「但是這是畫室，有其他的異性一起上課很正常吧？」我忍不住又問。

「我老公不喜歡，所以我就盡量避免。」

看著她現在還能微笑地講出這些話，令我感到不可思議。什麼樣的愛戀會需要如此緊迫盯人，而她對於這樣的舉動竟也習以為常，且多年來居然都還維持著良好的婚姻關係。每個家庭或朋友之間都有各自的相處之道，能夠長期維持穩定與和諧，表示在這段關係中有著一種巧妙的平衡，只要彼此覺得開心、適應，其中的好壞、對錯自然無須他人置喙。

但不管如何善意的關心，倘若過了頭絕對都會是一種壓力。誰也無法預測這樣的「親密互動」會在某天變質而導致情緒的變化，甚至是改變關係的關鍵問題。看似雲淡風輕的背後，究竟是打從心底的接受，還是帶著壓力的勉力前行？各種聚會場合都要擔心手機何時響起，喝一杯咖啡、拿起一支畫筆都得神經緊繃地隨時做好應對的準備，又如何能放鬆心情享受生活？而這樣的關心，無疑也是一副沉重枷鎖。

以愛為名的羈絆

眼前這一幕，讓我想起了在另一個朋友家聽聞的事。

某天開著車去訪友，一停好車，卻沒有聽到往常到訪時門口大狗籠裡小黃的親切問候。

「怎麼不見小黃開口迎接？」

「小黃前天死掉了。以後也不養狗了，小孩哭得很慘呢。」

「我才納悶怎麼沒聽到狗叫聲。」

「我跟你說，我們家的狗可好命了。從出生到死，這一輩子都吃好的，標準的好狗命，而且保證善終，絕對不會有意外發生。」

「為什麼說保證不會有意外發生？」朋友這一說讓我不解。

「我這邊緊鄰著大馬路，以前養的狗不是跑到路上不小心被車撞，就是追著路過的機車，引來車主的報復，在晚上來毒狗。從那以後，我養的狗就幾乎沒有踏到過地上，讓牠一輩子都住在籠子裡享受。我想牠在其他狗的眼中一定是最特別的存在。」

坐在朋友的茶桌前，我回望門外那個空蕩蕩的不鏽鋼大狗籠，突然感到內心悵然若失。

狗兒從出生開始到生命終結，只能待在這個小小的空間，或許牠每天都能吃到其他的狗所無法享用的美食，卻只在洗澡或打針時候才能短暫步出囚禁的牢籠。想到一條生命就這樣在狹小的限制裡度過一生，難免讓人有些惆悵。

人尚有選擇的權利，而狗卻連為自己爭取自由的權限都沒有。為著某些情感的羈絆或愛戀，人可以選擇一種在他人眼中相對侷限的相處方式，也稱得上選擇的自由；狗兒因為主人的擔心而終生被監禁，卻是對自由的剝奪。即使主人的出發點是善意、儘管能夠享用特殊美食待遇，但仰望星空，牠會不會也想躺在沒有遮擋的星空下沐月而眠；當聽見路邊成群野狗的吠叫，會不會更想邁開腳步奔馳；如果牠有等同於人的意識，會不會但願自己是一條居無定所自由自在的流浪狗。

勇敢跨越自我設限的牢籠

有形的牢籠是各種實際形式的圍籬，可見也能突破或改變；無形的牢籠則可能是自我見解的封閉、是他人的眼光與期待的自我羈絆，或是社會上群體意識的堆砌，倘若自己沒有察覺，就將一直深陷其中。

當群眾發表共同的看法時，我們是否能夠真實地看見自己的想法，或是只能隨波逐流地附和？社會的氛圍都認同捐錢的人是善人，反之就是不善之人；大家為了一個位子相互謙讓就是禮貌，當仁不讓者就是無理的傢伙；有婚姻的人就是幸福的成功者，單身主義者就是失敗的角色。

面對種種附議或反對的選擇之際，在所有人都點頭的時候，我們敢不敢為自己的不以為然而搖頭？

疫情過後的這段時間，身邊的朋友們又漸漸地過起了飛往各處出差或旅遊的行程。聚會時聽著大家分享前往世界各地的旅遊心情，冰島的雪國景色、法國的葡萄酒莊園、美國大峽谷的壯麗和非洲的自然野性，我所能分享的卻只有每年到日本旅遊及交流的心得。

朋友問：「你怎麼老是往日本跑？為什麼不去更遠的地方看一看？世界上有這麼多的國家，為什麼要把自己侷限在同樣的一個區域裡？」

我說：「我希望透過每次的出走都能獲得更多知識上的交流，到歐美國家以我的語言能力也只能跟團走馬看花，這不是我想要的。」

朋友笑著說：「現在的資訊和各種交流翻譯軟體這麼發達，根本就不是問題。重點是你願不願意去嘗試。」

仔細思考朋友說的話，確實有道理。真正讓自己走不出去的，並不是語言能力不足，而是沒有帶著自己出走的勇氣。在旁人看來，各種為他人所設限的生命狀態或許不幸，但最可怕的是自己為自己所設下的無形牢籠。

常常想做某些事之前，一想到可能遭受的反對或非議、擔憂迎來他人的指責或失望，便放棄了心中的想法與執行的意念。而當下究竟為什麼放棄，自己卻想不清楚，也許多年以後，才驚覺為何會放棄當時的選擇。隨聲附和的討好、裹足不前的自我設限，與禁錮小狗的鐵籠又有何不同？

奧修說：「唯有當大腦意識到一樣東西或是一種狀態的存在，才能夠讓它消失或改變。」

生活之中有著太多無形的藩籬，而築起這些圍籬的不是別人正是自

己。首先意識到自身所處的是在一種什麼樣的狀態與環境，如何從他人或自己所設下的框架中逃離而活得更自在？如何能夠活得真正的自在？會是一個值得用一生來慢慢思考的問題。

我想，我也該開始帶著自己走出去，認真地看看這個廣大的世界，用心尋找與擺脫心中自我圈限的距離。

限制級展覽

不少朋友知道老莊一直是我所喜歡的傳統哲思，其中一位久居日本的荷蘭朋友交給我一張海報，告訴我現在京都大學美術館正在展出一檔關於老莊哲學的展覽，找個時間去看看或許會有不同的啟發。

下午便約幾個朋友前往，一行人順著階梯爬上二樓展覽會場。還沒進入展間，隱約聽見厚重的布簾後方傳來一陣陣彷彿情慾片中男女交歡的各種呻吟聲。推開布簾進到佈置得像電影院的展間，裡面沒有其他的參觀民眾，我在黑暗的房間裡找到一個很大的懶骨頭沙發，躺臥在上面，前方的大螢幕上正在播放影片。山林裡有兩個赤裸著全身的男子，利用運鏡借景的方式，巧妙地用樹葉遮住生殖器的部位。兩人肢體交纏，背景音就是進門前聽到充滿情慾暗示的聲音。

螢幕緊接著切換成蕨類植物嫩芽的特寫，樹木及其他植物枝條的交錯與碰觸；當畫面出現植物時，背景音就變成森林裡悅耳的鳥叫聲；當畫面再度回到肢體交纏的兩人時，背景聲又換成了各種男女交歡喘息的呻吟聲。幾十分鐘的影片就在這樣不停地交錯中結束。

燈光亮起時，幾個朋友放鬆地躺在沙發上，帶著一臉即將入眠的鬆馳，有人說：「京都大學美術館真是一個好地方，燈光暗、沙發軟，重點是還冷氣強。」大夥聽到後都忍不住大笑。

「完全看不懂這到底是要表達什麼，才播個幾分鐘我就睡著了。」

「兩個大男人脫光了衣服摸來摸去，再加上充滿情慾的背景音，實在令人不舒服，也無法理解。」

「我剛剛看你看得很認真，你都看到了什麼？也跟我們分享一下呀。」

走出美術館，朋友分享起各自的觀後感，而我還在認真思考著剛才所看到的畫面。

了解事物的本質

從人類的角度來看，兩個男人之間赤裸的肢體碰觸與背景音的搭配，很容易讓人直覺地與性愛連結在一起。畫面雖然只是透過聲音與簡單肢體碰觸的交流呈現，還是會讓很多人感到不舒服。但站在「道」的角度或者升高到造物者的角度來看，人與鳥獸或植物之間並沒有任何區別，是一個整體，皆是地球上的生物體之一。

畫面中所隱諱的某些生理特徵，與螢幕上色彩鮮豔的花朵和滿佈孢子的葉片，嚴格來說都是物種用來繁衍後代的生殖器；為什麼我們看到花不會心生厭惡，反而覺得很美？當聽到男女的嬌喘與呻吟，立刻想到性行為或彼此求歡的舉動，而那些蟲鳴鳥叫又何嘗不是一種求愛的表徵？人類在曠野中的嬌聲淫氣是噁心的，為什麼昆蟲飛禽的求偶之聲卻是悅耳的？或許只在於人類的聲音可以引起人類的情慾，而鳥叫蟲鳴因為與人的情慾無關，所以就只是大自然音樂的一種。難道情慾是骯髒、有罪的？

我們是人類，我們看得懂同樣物種之間的行為，但那些鳥、獸，甚或其他物種的行為呢？所以，讓人感到厭惡的，不是我們所看到的景象，而是我們自身侷限的認知與偏見。

當一個人有著愈高的認知能力，就愈能看到事物的本質，能用更通透與豁達的眼光來看待世界。雖然我們無法像遠古哲人一樣有著超脫的眼界與思維，可以超然理解世界萬物之間的真理，隨順萬物自生的因緣法則，然而卻能夠開始學習自我體認，大多數時候我們只是在用眼睛看世界，而非用心理解這個世界。

對於我們所厭惡及排斥的一切，究竟是事物本身令人討厭，還是我們的思想維度受限？如果能夠清楚地意識到這一點，對於一切自己所未知的事物或行為，學習先設法予以了解；**唯有了解事物的本質之後，才能打從心裡接受；**在理智上接受之後，情感上才能夠進而產生相對的認同感；而在認同之後也才能與之和平相處。

換個角度心更寬廣

朋友問我：「作者的意思是不是要告訴我們，人類與這世界的萬物相等，應該試著理解並接納是嗎？」關於朋友的提問，我既不是作者、也沒有看過介紹展覽的文章，更不認識這位創作者，所以無法肯定我的理解是否就是作者想要表達的內容。只是就個人淺薄的主觀認知與大家分享。

朋友說：「聽完你的分享，我好像懂了，又好像不懂。」

我說：「你有沒有過一種經驗，剛認識一個人的時候，沒來由地就是不喜歡對方，甚至很討厭這個人，但逐漸相處之後卻變成了好朋友？或許就像這樣，最初的排斥、看不順眼，或許只是因為彼此不夠了解，單憑第一印象就站在一種絕對的角度去看待對方的一切表現。用自身的行為模式去套加在他人的身上，覺得對方的回應不夠熱烈就是不友善或對自己有敵意。」

並不是每一個出現在生命中的人，都能在初相識時就引起好感，反而甚或令人厭惡及排斥。但慢慢地相處之後發現，其實對方並不像一開始我們所認為的那樣讓人討厭，在經過一段時間的接觸後，彼此間的了解愈來愈多，認同感也就愈來愈強。

在我們眼前的，從來都不是一個順人心意的世界，當我們在討厭一個人時，其實也在被某個人討厭。我們並無力去改變任何人、任何事，但是可以改變的是我們的認知與思維。當我們換個角度來看世界，提升自己思考的維度，眼前的一切就會變得很不一樣。並不是非要認同或改變些什麼，而是讓自己的心能夠更寬廣地接受一切，不隨便下結論，不輕易受影響，如此才能活得更自在。

一切安於自然

植物也好、飛禽鳥獸也好；聽得懂的、聽不懂的，喜歡的、不喜歡的，只要是存在這個世界的一切，必定有它存在的道理。我們無須為它們的存在而煩心，更無須批評。只需關照自己的生命及一切的行為是否合乎於自然的法則，更要時時審視提點自己的思維是否只停留在某個限度，否則就像活在二維世界的螞蟻，試圖用自己的觀點來理解生活在三維世界裡其他物種所看到的一切。

萬物自然有其生滅之道，沒有誰高誰低。「道生之德畜之」，道生出一切萬物，而萬物依照自己的天性而活，互不干擾與批評。鳥在天空魚在水，獅子吃肉牛吃草；沒有誰高誰低，沒有誰對誰錯。一切生於自然，也安於自然。

變成豬

幾個朋友在工作室的茶桌前聊天。一個朋友聊起自己這幾年的搬家過程，才一搬家附近的房價就上漲，感嘆自己沒有賺錢的命，還說有點後悔自己當時做了錯誤的決定。大家開始紛紛地分享起自己人生路上曾經也有過許多不智的選擇。聽著朋友的對話，讓我想起幾年前還在學習茶藝過程中的一堂課。

有一天老師走進教室裡，舉起手在前方的白板上寫下一個「輕」字：「今天不上課，只喝茶。今天帶來的是文山包種和西湖的雨前龍井，喝完茶後我們再來討論。」

每次茶藝課，老師總會在白板上寫下一個字做為當天茶課的主題，清、重、濃、淡、雅、香、遠……先講解當天所選意況對應的茶品，或與之相關的歷史典故和茶品的特色；像這樣完全不做講解直接品茶，還是這幾年來的第一次。

沒有了上課的嚴肅感，教室裡瀰漫著輕鬆的氛圍，大家都放鬆了心情只管開心地喝茶，分享彼此對兩泡茶的心得和感受。而老師只是拿著一個小飲杯在教室裡安靜地走著，在各組之間品飲同學們泡出的茶湯，時而點頭微笑、時而望杯皺眉，但始終不發一語。

夏天悶熱的季節，清香幽雅近似淡淡花香的文山包種入喉，心情上就有一種如入山林的清涼感；而西湖龍井的色澤翠綠、香氣濃郁，則讓人很難相信這細小嬌嫩的芽尖能沖泡出這樣迷人的滋味。茶諺都說雨前是寶，雨後是草，這穀雨節氣前採摘的茶湯果然也很迷人。

「我看今天大家都很認真地在喝茶，果然偶爾不上課讓大家專心喝茶也是一件不錯的事。不過我還是想知道大家對於今天茶品的喜好。」

老師說完就開始逐一點名，要同學說出在這兩泡茶之間的選擇。或許是受了老師在台前寫下的「輕」字影響，從第一位同學開始、幾乎每個人都選擇了茶味相對較淡的文山包種，而老師也只是依次在紙上做了紀錄。

輪到我的時候，我沒有任何遲疑地回答：「包種。」

「啊？」老師大聲地發出一聲疑問。面對老師突然發出的質疑，大家都將眼光投注在我身上，我又再次重複了剛才的答案：「包種。」

「喔，好，下一位。」毫無例外的，全部的人都選擇了包種，但卻只有我一個人在回答時被老師發出了質疑。接下來的時間裡，我的腦海裡不停地想著：「為什麼只有我不能喜歡包種？」對於老師在課堂上又說了什麼完全沒有聽進去。

從台中回到南投的一個小時車程裡，我在開車的途中還是不斷地思考這個令我不解的問題。

回到家後，我將茶具從茶箱裡拿出來，重新清洗、擦乾，再將茶具逐一擺放在茶席上，拿出今天在課堂上老師分享的兩泡茶，慢慢地提壺、注水，一個人安靜地又喝了這兩泡茶。

面對真正的心意

隔週的茶藝課，我早早地就進到了教室。在老師進門的那一刻，我跟老師說：「我知道我為什麼不能喜歡包種茶了。」

「你回去喝茶了吧？」老師說。

我點點頭，為自己找到為什麼不能喜歡包種的原因而感到開心，一旁的同學卻對我和老師的對話感到一頭霧水。老師笑了笑，讓大家都先坐下來：「上週我們喝了兩泡茶，雖然不上課，只要大家專心地喝茶，但其實我都在一旁觀察著大家喝茶的狀態。永勝的個性很直接，我看到他在兩泡茶之間的表情，明顯比較喜歡龍井，但他的答案卻是喜歡包種，所以我才感到不解。今天他說他知道原因，我想他一定是回去後又一個人喝了茶。」

在課堂上面對老師的提問時，脫口而出的選擇當下，我並沒有意識到自己已受到前方白板上大大的「輕」字影響，就在心裡對兩泡茶做了比較和傾斜，因為兩泡茶相較之下，包種的味道較淡也較輕；而前面同學一致的選擇又再一次影響了我，或許就是在從眾效應下，不知不覺讓我很自然地選擇了包種。回到家後的一個人茶席，我靜靜地品味著兩泡茶湯的差異時才驚覺，相較於包種，其實我更喜歡當天的龍井。

我思考著茶的選擇，也思考著自己除了在喝茶之外的問題，到目前為止所做的選擇是否都是自己真正的心意。**我們努力學習著如何面對他人、如何與人相處、如何與人溝通，但是否想過該如何好好地面對自己。**

「我當時幾乎是逃著離開那間房子的。」朋友說。既然是逃著離開，那也是一種不得不的選擇，有著必須離開和脫離的原因；眼前朋友懊悔做了錯誤的抉擇，是因為從此刻回望過去、且只看在房價升漲這件事情上，認為搬家後房價就漲，所以覺得是錯的。但是人生的每個當下，都有不同的原因讓我們做出不同的判斷與選擇。重要的是，當下的選擇是不是合乎我們自己內心真正的渴求。

選擇並沒有對錯可言。再多的懊悔也改變不了過去，但現在的選擇卻決定著未來的發展。沒有人知道，當下的決定在未來回看是否正確；但必須清楚的是自己真正想要的是什麼，而不是因著他人的意見或環境的影響而做出了不符合自己心意的決定。**只要是自己真心的選擇就沒有對錯可言，也就無須後悔。**

沒有主見的下場

有一個沒有主見的人，一生中都聽從別人的意見在過活。死後被鬼差帶到了地獄，見到閻羅王後，他說：「我這一輩子都是依從著別人的意見才走到這一步，並非我天生就不是良善之人，就這樣把我帶來地獄，我覺得太不公平了。」閻王查看了他在陽間生前的紀錄，發現他確實一世都跟隨他人的腳步行事，嚴格來說不算過完自己的人生，決定再給他一次重生的機會，讓鬼差帶他重返人間。

閻王說：「黃泉路上的每個路口都通往不同的投胎路線，既然你說從來沒有過自己的人生，這次就讓你從一開始就做出你自己想要的選擇。」於是他喝下了孟婆湯，踏上前往投胎的黃泉路，走到關鍵的岔路口時，他猶豫了。畢竟這是難得的機會，而且選錯了就是一輩子，該向左還是向右呢？立在原地考慮了半天還是無法決定該如何踏出下一步。

最後鬼差看不下去了，開口說：「你的時辰快到了，再不走就永遠留在這裡。」這人思考了一下，想到一個好辦法，他低頭看通往兩邊的路，發現左邊的地上有很多的腳印，而右邊那條路只有稀疏的印記，當下決定立刻朝左邊的那條路走去。當他再度睜開眼睛的時候，發現自己變成了豬圈裡的一隻小豬，懊悔不已。

這樣要求很過分嗎

一對夫妻在餐廳裡用餐。

「我這樣要求很過分嗎？你看他們的餐才這麼一點點，用的料也沒有很好，同樣的價錢如果是去上次那家店，CP值比這家好太多了！」

太太在餐桌上不停地對著先生抱怨。先生安靜地喝了一口手上的咖啡，緩緩放下杯子後，淡淡地回答：

「你覺得我娶你有CP值嗎？」

面對先生突然丟出的問題，太太愣住了一句話也答不出來。正想開口說些什麼時，先生又接著說：「為什麼老是喜歡講CP值，喜歡就來，不喜歡就別再來吃了。你從一開始就不斷地叨唸，我一口飯也沒辦法好好吃。」

直到離開餐廳前的這段時間，空氣彷彿瞬間凝結，也許彼此心裡都有很多想說的話，卻已不再聽到他們之間有任何的對話。

感情有性價比嗎

聽到這位先生勇敢的直言，我忍不住倒抽一口氣。試想要有多大的勇氣、又或者忍耐瀕臨多高的臨界點，才能說出如此真切的話。通常這樣的一句話就足以在一個家庭引起一陣強烈的風暴和滔天巨浪，輕則數日冷戰，重則有人離家或者有人必須離家。雖然這是一句頗具殺傷力的話，或有不妥也有些無奈，在旁觀者的我聽來，卻有不同的觀點。

所謂的CP值指的是性能與價錢的比值，同樣的價格，人們會選擇能夠提供更高性能的產品。在將金錢最大化的心態下，會希望所付出的每一塊錢都能獲得大於一塊錢的價值或感受。而這通常是用在同類產品的選擇與比較，用來比喻在婚姻及情感真是聞所未聞。

人是情感的動物，而不是冰冷的機器。感情無法量化也就無從比較，事物一旦加入感情，成本與效益的比值輕重就更是難以計算。當一個人開始期待所有的事物都要物超所值的時候，就表示已經不是站在公平的支點上來看待眼前的一切；就像一座朝著自己傾斜的天秤，無論怎麼秤也無法秤出令彼此都滿意的結果。

「你覺得我娶你有CP值嗎？」這句話的背後，所付出的成本與效益是什麼？我想這當中所指的絕非金錢上的比值，而是感受上的差異。一段情感的延續並不是建立在物質與金錢的堆積上，而那些可見物質的一切，只是其中之一的「成本」，彼此間所期待的不僅是物質上的等價交換，更是情感上的尊重與共情。

「我這樣要求很過分嗎？」是因為自己的付出之後，沒有獲得相應的回報而產生期待認同的心理質問。提出質疑的當下，其實是希望將自己的付出具體量化，提醒對方我付出很多，這樣的要求也是理所當然，應該被接受和尊重。這並沒有不好，也不是不對；而是提出這樣的疑問時，無疑是將裁判權交到對方的手上。就像這位太太所提的時機點，如果先生或餐廳的回答是「很過分」，那場面豈不是更尷尬也很受傷。畢竟提出的是問題，而解答權是在對方的手上；如果沒有足夠的共情感，是得不到想像中的理想解答的。

共同經歷過風雨

所謂的共情，也不是靠嘴巴說說就能產生，而是必須透過良好的共同生活體驗，一起經歷過夠多的事物才能夠一點一滴的累積而來。**需要的是專注的傾聽、感受對方的情緒，而非主觀的判斷與否定對方的價值。**單憑想像，也無法感受到對方最真切的情緒與反應。就像那位不停抱怨的太太，只顧著發表自己的高論與情緒，卻忽略了另一半想要好好用餐的心情。先生在整個星期的忙碌後，想要帶著妻子享用一餐美食，頃刻間就遭受了最直接的否定。儘管太太抱怨的是餐廳的餐點，但先生聽來卻是指責自己不夠用心與品味的差勁。所謂言者無意聽者有心，在這樣的時刻，開口說話之前，更應該考慮一下對方的感受。

真正決定用餐體驗好壞，除了餐點本身，更是一同用餐的人能不能一起討論、分享彼此的心情。也曾遇過很糟的用餐經驗，面對難以下嚥的餐點，心情先是一片烏雲，但過程中和一起用餐的朋友熱烈討論起，這樣的料理究竟如何能撐起一家餐廳？最後本該是很糟的體驗，兩人反倒撥雲見日地留下了難忘的用餐心情。

一個原本獨自跟著同好一起爬山的朋友，在太太的加入後，兩人都有了不同的感受。

曾經留在家中的太太無法理解，登山到底有什麼樂趣？老公走那麼遠的路就只為了上山拍張照片值得嗎？是什麼樣的動力驅使，即使是颳風下雨、走在泥濘小道濺起滿身污泥，也無法阻止他的前行？花不就是花，樹不就是樹，現場跟看照片還不都一樣？

但自從她一起加入後，一切就變得不一樣；原本只能在照片上分享的風景，換成了可以共同感受的心情。感受那些沒有吹過的涼風，品味歷盡千辛後抵達山巔的放鬆，漸漸地，她從理解變成投入，進而開始享受登山所帶來的美好。

被接受、被理解的情感成為了兩人之間最好的橋梁。在那些一起走過的森林小徑、爬過的溼滑邊坡、在風雨的山屋和迷霧的山頂，在乎的不是我幫你背了幾公斤而是彼此間心靈的貼近。一種經歷了風雨之後，兩人依舊相互扶持的溫情，也會適時地為彼此的情感加分。

珍惜值得的人

生活也像爬山，不論是愛情、友情或親情，懂你的人永遠知道什麼時候該扮演什麼樣的角色、給你什麼樣的心情。當一個人能在你心煩意亂的時候使你安心，可以在你心情不好的時候願意靜靜地陪伴，在你遇到困境的時候主動為你尋找解決的方案，可以理解你未曾說出口的理想並一路支持你前行；這些一起經歷過的一切，就像在一盤名為人生的料理中，不斷地添加各種調味；酸甜苦辣鹹，一一豐富著盤中的滋味，經過歲月的發酵，終將成為彼此一生無法擱手的佳肴，回味無窮。

如果有幸遇到這樣的人一定要好好珍惜與感謝，如果不幸無法擁有這樣的好運氣，那麼我們也只能祈禱自己有能力在對方生命中成為這樣的存在。

我繼續吃著桌上的餐點，一邊回想著剛才鄰桌那對夫妻的對話，期待「物超所值」是對的嗎？要說到物超所值，就表示有了比較。對於所有的一切，是否只要感受「物有所值」就已經值得慶幸與感恩？**在一段真切的兩人世界裡，彼此間的交流與互動，在乎的不是能從對方的身上換到了什麼，而是彼此一起走過了多少的路，一起經歷多少的風雨，一起看過多少的風景。**

當兩人之間「我這樣要求很過分嗎？」這句話說出口的時候，心裡必定有著十足的把握，意在告訴對方「我值得」；而如果能夠得到對方善意的回應「不過分，你值得」，就是一件最幸福的事情。

絕世容顏

鄰座的幾位女子酒酣耳熱之際，開始高聲地談論起各種醫美的功效，並互相推薦最新的療程和哪位醫生的醫術高明。多年前，整型是一種唯恐人知的不宣之祕，但現在已經是可以拿出來在餐桌上大聲地向所有人宣告自己的鼻子、眼睛、嘴巴整得多麼成功，多麼地令人自豪。自古「女為悅己者容」，女人愛美、男人也愛看美女，因此世上有人願意忍痛並犧牲金錢、花費時間，為這世界增添一分美麗的風景，本是一件值得令人欽佩的好事；但是把自己整到變成另外一個人，或仿若帶著面具的塑膠臉孔，似乎就有些過猶不及。

「哇~你的醫生幫你把鼻子做得真好，完全看不出來欸。」

「你的嘴唇也很好看呀。」

「你們看，我的法令紋是不是不見了，才花了七萬。」

幾個人你一言我一句地，彷彿壓抑不住自己變美的喜悅，迫不及待地要向整間餐廳的人宣告她們整型的成功。一直到餐廳人員上前請她們降低音量，才收斂起內心的狂喜，小聲地繼續交換著彼此的心得。只是沒過多久幾杯酒後，她們音量又開始大了起來。席間一位女子說：「我們女人就是要把自己的美貌守住，才能守住愛情。否則外面狐狸那麼多，一不小心，我們就被邊緣化了。」語畢，一陣笑聲又再度引來餐廳人員的規勸。「走，我們換個地方聊去。」於是一群人便悻悻然地起身轉移陣地。

同桌的友人笑著說：「你們覺得，她們說彼此的臉都看不出來有整過是真的嗎？」另一個朋友說：「她們這叫見鼻不見臉，看的是局部而非整體，所以不覺得比例其實很不自然。」朋友說話的同時，也聽到其他客人低聲地討論那些人造美女們。

愛美之心人皆有之，不論整型成果是否自然，只要當事人開心，任何人都無權置喙。只是最後女子的那一段話，我卻有著不同的看法。不諱言這個世界上大部分的男人都膚淺，只要是男人無一不喜歡看美女，當然我也不例外。但是把維持美貌和守住愛情劃上等號，我卻是無法認同。

外貌與感覺何者重要

在《莊子》裡面有一則故事：孔子在遊歷楚國的時候，碰巧看見一群小豬在剛剛死去的母豬身上吸奶。沒多久，小豬們發現吸不到奶，突然都慌張了起來，立刻全都跑離了母豬的身邊。因為小豬覺得母豬雖然看起來還是原來母豬的樣子，但感覺已經跟原來的母豬不一樣，跟自己不再是同類了。

「非愛其形也，愛使其形者也。」

不可否認的是，外貌是觸發人與人之間彼此更進一步認識的條件。但就像一本書，倘若只是封面設計精美但內容平淡乏味，很快就會被遺棄在書堆的角落。自古言之「以色事人者，終因色衰而愛弛。」儘管現在醫美科技發達，但也未能使人真正地青春永駐。若是將所有的心思都專注在自身的外貌上，這種虛有其表的嬌顏一旦不再，又沒有彼此之間豐厚的情感做基礎，自然很快就只好傷心地高歌一曲「愛已不再」。

不論是小豬還是人，在彼此相處的時候，真正相互吸引的力量都不只在好看的外型，更是在彼此之間相處的「感覺」。一些怨偶分手時，常聽到的一句話：「不知道，就是感覺不對了。」看似籠統且應付的話，其實很真實。

「感覺」是什麼？

如果在《莊子》故事中的母豬還活著，哪怕是少了一隻耳朵或是歪了鼻子，只要能夠繼續供給小豬奶水，在小豬們的眼中，還是能感覺那隻少耳歪鼻的母豬就是媽媽，也就不會嚇得跑開。

在人際交往的「感覺」又是什麼？是彼此關懷與付出的心意，是一種陪伴或一句體貼的問候。一段關係走向分離，不能說沒有因美色而致情感變質的案例，但實則更多影響情感離散的是心與心的疏離。

如果缺乏深度交集

人與人之間，即使給予再多的金錢與再高的顏值，也無法長期維持一份安定而深厚的情感；最根本是在於對彼此時間的投入與共同回憶的建立。

一位醫生朋友，老婆和小孩長期移居國外。每隔一段時間，朋友就會飛出國去陪伴他們一小段時間，順便放鬆一下心情。朋友說：「有時還是要飛過去讓孩子看看，讓他們知道是誰在賺錢養他們。」但因為長期分居兩地，親子間的情感薄弱，彼此沒有共同的生活經驗，自然也就沒有可聊的話題，更談不上有什麼深厚的情感，見了面也只有簡單的問候。對孩子來說，眼前的這個男人就是爸爸，但正如同朋友所說，就只知道是賺錢養我們的人。而孩子也不會因為爸爸是「那個賺錢的人」而就有了深刻的情感。

美貌亦然，當一個女人整天追求美貌，東市安美鼻、西市割眼皮，只在乎朋友之間的評論，不顧家中的事務與另一半的心情，儘管美若貂蟬，在另一半的心中也猶如行動的雕像一座。

當一個人要愛上另一個人，通常只在一瞬間、一個微笑或一個轉身，甚或只是一個不經意的動作，都可能使人為之傾倒；但所謂的一見鍾情，常常也容易一刀斃命。一見傾心，常常帶有某些情境的影響和一時心境的波動；如果這是一段沒有深度交集的愛情，那麼當此刻因為遇見了八十分的笑容為之心動，在下一個路口卻碰上了九十分的容顏，一段愛情的道路就可能隨時走到終點。

親愛的「我懂你」

在《小王子》裡，狐狸對小王子說：「你要明白，生命中真正重要的事，並非單獨從外在的觀點，去看她有多麼與眾不同。就算一朵花真的獨一無二地存在於世界上，如果她與你沒有任何聯繫，沒有建立感情，她的『唯一』於你又有何意義？」

愛美是人的天性，追求外在的美麗並沒有錯，但卻不是維持兩人關係最重要的因素。在一段冰冷的感情之中，再美的嬌顏也無法為之加溫。一段良好關係的建立，需要的是長時間用心經營；愛一個人最好的表現也不是維持外在的美麗，而是投入時間去關心對方、去陪伴、去傾聽。將自己融入到對方的生命之中，去創造兩個人彼此交融的關係，就像〈我儂詞〉中：「我泥中有你，你泥中有我。」

在用情感花時間建立起彼此心意相通的兩人世界裡，哪怕絕世容顏展現在前，也不敵一個眼神交流後，心領神會毋須說出口的一句「我懂你」。

彩色人生

學校操場上，教練正拿起名單一一唸出每個人今天要加強練習的項目，出乎意料的是，唱名中許多人的項目並不是當時參加田徑隊甄選時的強項，選手們紛紛問教練是不是記錯了。

「年輕人除了死什麼都要學、都要試。」教練瀟灑地說出這句話後繼續解釋，每個人都有許多未被開發的能力，都有著無限的潛能。利用比賽剛結束的這段時間，針對那些在單項表現突出的選手做出調整，再嘗試其他的可能。

有人疑惑為什麼不是調整表現欠佳的人，反而是改動那些狀態優異選手的訓練項目？教練認為運動是一種天分，有運動細胞的人在每一項運動都不會太差，為了找出更適合的單項選手，激發潛在的更多可能，所以才會做出調整。

面對突來不同的訓練項目，打斷了原來的訓練節奏，許多人都感到緊張與不安。當時同為田徑隊一員的我，從鉛球項目改練跳高，並成為一路從市運、縣運、區運往上晉級的選手；多位同學也在這次的調整中，找到了更適合自己的比賽項目。

轉個彎，全新的旅程

許多事情，只有去做了才知道，光靠想像並無法了解實際的狀況。就像小時候玩的捲紙迷宮。開頭的地方只有一條線，隨著紙捲漸漸往上展開，會出現許多不同的岔路，選擇愈多、困難也就愈大。每一次不同的選擇產生路徑不同的走向，而走到終點的方式沒有任何捷徑，唯有在一次次反覆的試錯中記取教訓，重新選擇一條更適合的路，才能在屢經挫敗之後抵達終點。

人生的進程也與這小小的遊戲有著相同的地方。在下一頁還沒有展開前，誰也不知道當下的選擇是對還是錯，是通向寬廣的道路還是走進死胡同。捲紙遊戲的規則是「此路不通，退回再來」。沒路了、重新開始就好，雖然浪費了一點時間，但只要有耐心逐一摸索，總會找到正確的路。**然而人生的進程只能是「轉彎再前行」，生命是一張只許前進無法折返的單程車票，與其走在同樣的路上、看著一成不變的風景，轉個彎開拓一段全新旅程也許會是更好的選擇。**

人生多一次嘗試就多了一種可能。趁著年輕、趁著沒有走到終點之前，不斷地探索、尋找各種的可能，誰也無法預測，在開展一次新的嘗試或學習之後，到最後會成為什麼樣的自己。

向外探索的過程也是一種自身的向內挖掘。常聽人戲稱，某人是被醫生耽誤的廚師、被咖啡耽誤的甜點師，或被某項專長耽誤的某職業。其實能夠自我發掘、被他人肯定就不會是耽誤，最怕的是永無見天日的自我埋沒。每一項才能與專長的背後，通常都是始於巧插的無心之柳；當一個人長期專注地投入在某一項工作之中，時間一久自然會產生疲乏，而學習一項新的知識或技能有助於將自己歸零，也可以適時地調節工作的壓力與繁雜的心情。

「人無癖不可與交，以其無深情也。」一個沒有任何癖好的人，對生活中的一切也必然都不感興趣，無趣的生活進而影響性格偏向孤僻。一個人對萬事皆無感於心，極大可能拒絕所有的學習與對事物的鑽研，如此一來言談就會顯得淺薄、眼界受到侷限，總繞著芝麻小事打轉、自鑽牛角尖；更有甚者，整日談論別人的閒言與八卦。更因為對任何事物都沒有興趣，看到別人熱衷地投入某些事物也會感到不以為然甚至心煩。與這樣的人相處久了，容易使人感到語言無味與生活無趣。對任何事情都沒有興趣的人對生活自然無熱情可言，只是生命的虛度與浪費。這樣的人生不只自身不快樂，也會影響旁人的情緒並帶來壓力。

有一句詼諧的廣告台詞：「肝若好，人生就是彩色的。肝若不好，人生就是黑白的。」對比心境也是恰到好處的比喻。當一個人對所有的事物都沒了興趣、對生命失去了熱情，那不只是黑白，甚至連一點顏色都看不到。遠處的青山、天上的白雲、夕陽的晚霞和雨後的彩虹，在他的眼中不過就是一些無聊的事，根本不值一提，沒有絲毫的感動。

當你讚歎：「滿地金黃的銀杏葉子好美。」

得到的答案是：「葉子到了秋天不都這樣。」

當你驚呼：「彼岸花的形狀真是獨一無二。」

他只是冷眼旁觀：「所有的花本來就都不一樣。」

「這樣的甜吃起來真有層次、尾韻無窮。」

「糖本來就是甜的，難道會是鹹的？」

對於生活毫無感知的人，與冰冷的機器人別無二致。光是想到這樣的對話都令人覺得頭皮發麻，更不要說是與之朝暮相處。

相反的，一個對於生活中的大小事物都感到有趣的人，會帶給旁人積極正面、樂觀開朗的印象，像孩子一樣充滿活力，不管生理或心境上也會顯得比較年輕。和這樣的人交流會感到身體的感知都被放大，平凡普通的事物也會變得異常有趣。感染周圍人的情緒，就像嬰兒沒來由的笑聲就能改變一個家庭的氣氛，讓大家跟著開懷地笑出好心情。像光亮的太陽照在大地，帶給人溫暖也讓生活變得更有滋味，豐富自身生命與靈魂的同時，也增進了良好人際關係。

為自己挖掘生命色彩

願意透過不斷地探索與發掘的過程，為自己尋求更多的可能，且能夠專心一志投入某種興趣的人，也能為自己開闢出一個精神式的小天地；從中獲得各種不同的成就與樂趣，並懂得與自己相處和對話，讓自己活得更自在。就像一個孩子，對任何觸手能及的一切都會產生濃厚的興趣。一排在窗台上行走的螞蟻，在孩子眼中就是一長列的行軍隊伍；一顆半埋在土裡的大石頭就是值得花上時間、用盡一切辦法將之掘出的寶物。幾個頂著烈日在院子裡，想盡各種辦法和嘗試利用工具要挖起一塊石頭的孩子，他們體驗到的快樂一定比一個呆坐在一旁的孩子更多；

在挖掘的過程中獲得的成就與滿足，甚或超過填補了某些物質需求時的短暫快樂。

人生像是一場向外發展並同時向內探索的尋寶遊戲，隨著歲月的流逝，一頁一頁展開等待解謎的扉頁；但與真正的遊戲唯一不同的是，遊戲可以重置，人生卻不能重來。如何不讓這些頁面留下空白？或許透過學習與嘗試能讓這遊戲畫面變得豐富多彩。讓自己在年老時，品味著歷經歲月的存放與發酵之後的回憶，溫暖著自己的彩色的生命。

料理馬拉松

走進店裡喧譁熱鬧的氛圍，對比門外安靜的巷弄就像兩個世界，琳瑯滿目的手寫菜單幾乎貼滿了整個牆面，榻榻米座位、吧檯前方也是九成客滿。老闆娘用京都人特有的柔軟腔調和身姿親切地上前打招呼，為我安排坐在板前的位置。才剛坐定，正面就迎來一張笑盈盈的大圓臉，正在切生魚片的大將俯身透過板前和上方置物櫃中間的空隙和我打招呼。

我點點頭對他說了聲：「恭喜！」

「恭喜？」

「對啊，恭喜你獲得今年米其林的特別推薦。」

「喔，喔。米其林喔，謝謝。」

「稍等我一下，我先跟那桌的外國客人上菜，介紹一下今天的食材。」

大將飛快地揮舞手上的長筷、一臉平靜地回答，彷彿只是一件極為平常的事。比起獲獎，眼前正在擺弄的料理才是他真正在乎的。

繞過廚房狹窄的通道，大將端起一大盤生魚片從板前走了出來。幾乎剃光的三分頭與圓潤的身型，袖子向上摺了一大折的藍色工作服、兩邊露出圓圓的臂膀，腰間圍著一條白色圍裙、腳下白襪踩著一雙木屐式夾腳拖鞋，眼睛上那兩條帶著曲線、短而濃密的眉毛，說話時豐富的表情，活脫像是從漫畫裡走出來的喜感人物。

「Hello！Welcome！No problem！My English is good！」

大將自信地朗聲開口後，店裡的焦點一下子都聚集在他身上，大家都好奇會是多麼精彩的英語介紹。只見他接著指向盤內的各種生魚片一一用日語大聲地介紹了起來，外國客人一家跟著高聲複誦後，大將自信地拍了拍圍裙底下掩飾不住凸起的肚子說：「Good！」一時之間歡笑聲充滿了整間店面。

再走回廚房時，大將收起了臉上的笑容，像是換了一個人似的，專注地拿著手上亮晃晃的刀，一下又一下俐落地在魚片上快速來回。我夾起一塊烏賊放進嘴裡，海鮮的甜味立刻在口腔裡散發開來，連聲讚歎生魚片的美味時，大將又拿起一隻烏賊不服氣地對我說：「食材新鮮當然重要，但讓烏賊變好吃的是我的刀工。」說完又遞給我兩片烏賊。果然一入口立刻就能感受到它們有著明顯的差異；用刀劃出細紋的那片，甜度高出很多。大將一臉自信地拿起刀子和烏賊：「對吧？」誇張地在我面前展演刀工是如何影響口感和甜味。原本就鮮美的食材，在大將浮誇的表情加持下顯得更加有趣。

料理的美味不斷地突破我對居酒屋酒肴的認知。每道看似簡單的菜肴，卻都有著意想不到的發想和創意：米粥的發想是源自於韓國的人蔘雞湯，用米煮成的粥糊加上燒烤過的雞肉；將日本酒的酒精煮至揮發後，再用來煮蛤蠣，最後再放上用米做成的米麵，這碗令人驚豔的蛤蠣筍片麵線湯是從越南米線上尋得的靈感。我不禁好奇，為何日式居酒屋能做出這些帶有異國文化的料理，而且還做得如此精彩。

帶著滿腹疑問，我忍不住問是在什麼機緣下開起餐廳？大將笑著回答：「我以前不是這樣的喔，身材也不是喔。」說完立刻放下手中的刀，彎下身從抽屜裡拿出一張他年輕時在公司當上班族的照片，那身形真是與今日不可同日而語，並悠悠地說起了屬於他的料理之路。

大將幽默地調侃自己，從父輩到兒子一家三代也稱得上是料理世家，但上一輩做的是單價五百日幣的平民便當，既不是專門店、也不是高級的料亭。一開始他也排斥家裡的工作，所以離家當了幾年上班族；因為長輩年歲漸長才回家幫忙，漸漸地在工作中發現自己原來對料理很有熱情，也更清楚自己想做的不是那樣的便當。

在忘卻時間的熱情裡

「在確定了自己想走的路之後，我開始到其他的店家學藝，最後才在這裡開了這家店。」他一邊淘米一邊說。客人現點現做的料理，對他來說就像短跑，但他更喜歡馬拉松。就像過年時的宴席料理，需要思考如何將當令的食材用合宜的烹調來讓客人感受到料理的美好；而一次宴席料理所需要準備的前置作業很多，除了做菜更要思考。這對別人來說也許很麻煩，但他認為精心準備食材並用心調理，才是一個熱愛料理的人該有的態度。**要考慮的只有如何做得更好，而不是花費多少的時間。**

看著大將從客人進門開始便不停地忙碌著，在這個小小的廚房裡簡直就像陀螺一樣不斷地迴旋，但他的臉上卻絲毫不見疲態，而是一種樂在其中的笑容。是什麼樣的熱情與動力，會讓一個料理人寧願選擇費時費力的馬拉松而不是可以省時省力的直接對決？

很多人都說，「當興趣成為職業就會變得很無趣。」但在大將的身上，我卻沒有看到這樣的問題。**讓工作變得無趣的原因或許不是因為職場產生的壓力，而是停止了學習**。當興趣變成了工作，能夠帶來樂趣的只剩下那些帳面上的數字，卻失去了在學習當中獲得成長的喜悅和滿足。

未央樹色春，見長樂無極。剛栽種下一棵樹苗，看著它不斷地冒芽、茁壯，喜悅會在過程中不停地延續，每長高一公分都讓人感到開心，並持續加強著內心的期待。而當它結出第一顆果實，喜悅便到達了頂點。因為接下來已是可預見的收穫，剩下的只是收穫多寡的不同。豐收當然是喜悅的，但是與對成長的盼望與期待相比，快樂的程度似乎短暫也平淡了些。

料理人的真情

我夾起一塊半熟的玉子燒，出乎意料地好吃。

「對於不同的客人，鹹淡都需要做出調整，不同的體型和職業，對於鹽分的需求不同，做料理的人理當要做好調配，而且動作要熟練且不著痕跡。」接著，他抓起一撮鹽巴放在盤子上演示起他對調料的精準掌握：「這裡三克，這樣六克，這樣九克。」說這段話的時候，大概是從我進店以來在他臉上看到最認真的表情。

「料理人如果無法體會食材的得之不易，又怎麼會打從心底珍惜食材？」一鍋冒著白煙熱騰騰的釜飯裡，集結了大將在假日帶著兒子下海去採海菜、曬鹽、做鹽滷、曬魚乾的種種心意。親手製作不是為了省錢，而是為了貼近土地，也更能激起內心對食材的珍惜與敬意。

看著大將轉身認真準備釜飯的背影，回味著每一道料理、想著他說的每一句話，深刻感受到作為料理人不斷向上提升的努力與突破自己的渴望。一場看似嬉鬧的餐期，浮誇表情的背後，深藏著的是一份料理人的真情，是多少暗夜裡的反覆練習，和不輕易在他人面前展露的愁容與艱辛。就像馬拉松運動員站上頒獎台的那一刻，是許多無人得見的汗水與淚水所累積而成。

一份工作可以只為掙錢，也可以是為了滿足自己努力成長的欲望。**能否在工作之中獲得樂趣，端看是否願意在過程中持續努力與學習。**一碗簡單的湯，可以只是菜單上的選項之一，也可以是一個料理人一生的成就與學習。

輯四

下一站

即將與誰相遇、會有什麼風景、懷抱怎樣心情，
帶著輪廓越顯清晰的自己，期待著：下一站，要去哪裡？

來早了

京都，一個充滿文化，百去不厭的地方。

二月微寒的天氣，走出銀閣寺，在銀閣寺橋邊哲學之道的入口前看見一個擺賣飾品的攤位。工匠手持工具對著手上的錢幣緩慢地鑽孔，接著用一條線鋸小心沿著錢幣上的圖案進行切割。隨著線鋸的上下移動，小小的錢幣就成了鏤空的裝飾物，再用焊筆連接上一個細小的扣環，就完成了一個精美的吊飾和項鍊。

我們蹲在路邊，對著職人的手藝及滿桌來自世界各國不同的錢幣看得出神。

女兒說：「好厲害喔，用手就可以切割出這麼漂亮的線條欸，而且切割後的錢幣顯得更精緻了。」

一旁的兒子聽到後應聲說道：「是滿厲害的，可是損壞錢幣不是犯法的事情嗎？」

「反正他又不是用自己國家的貨幣，應該沒關係啦。」兩個孩子興味盎然地討論著。

正在讚歎職人精湛的手藝之際，天空飄起細雪。迎著飄降的雪花，我們慢慢地走進這條充滿詩意的哲學之道。或許是因為時間太早，也正逢旅遊的淡季，一旁的小店都還沒開始營業，整條小道上並沒有見到其他身影。只有小溝裡的兩隻鴨子在水裡悠哉地游著，時而抬頭顧盼、時而低頭入水。一旁的長板座椅下，一隻白底帶著花黃的小貓蜷縮著身子。

我們就這樣開心地聊著天，一起漫步在這悠閒自在的景象之中。

來得正是時候

行至中段，小溪兩旁的櫻花樹更濃密了，看著那空蕩的枝條，我拿出手機，翻開網路上各種櫻花季時的照片：「我們來早了。你們看，如果我們再慢兩個月來，現在眼前的這片櫻花樹就會像畫面中這樣的景象。」

女兒湊過來看著螢幕，幾秒鐘後說：「我覺得沒有不好啊，而且也不會太早。如果我們等到花季才來，那看到的就不會是這樣的風景了。你看，照片裡雖然有美麗的花海，但樹下也到處都是人，這樣哪有辦法好好欣賞。如果讓我選，還是喜歡這個時候來。」

我拿回手機仔細看了一下螢幕上的照片，確實到處都是黑鴉鴉的人影。而剛才的我卻只將目光焦點放在那片壯麗的花海，原來當為自己設定了想要獲得的資訊，就很有可能對其他相關的景物視而不見。

「而且今天還下雪了，還可以看到用錢幣變成項鍊的過程。」

「對啊，還有鴨子。」

「還有肥貓。」

「還有樹梢的花苞。」

「還有枯枝。」

「還有地上的花……」

走在孩子身後，看他們愈走愈快，你一句、我一句，接龍般地不停用開心的語氣描述著沿途所見的景象，突然覺得「對啊，今天來得正是時候。」若是在熱鬧的花季到訪，那些推擠著賞花、拍照、大聲喧譁的人潮肯定比不上此刻的清靜來得舒服。

順著孩子們的接龍指引，我的目光也不停地掃視周圍的環境。這才發現原來自己只是一心看著沒有的部分，卻忘了好好觀察當下所擁有的一切；竟然比孩子還不懂隨遇而安的道理。

「我們來早了」，是因為錯過了花季，心裡遺憾所發出的感嘆。既然行程規劃早就安排好在這個時刻抵達，無花可賞也是預期中的事，何必到了現場才來感嘆錯過了那些美好？**人生其實沒有早到也沒有晚到的問題，只要換個視角一切都是剛剛好。**

沒有最好的季節

沒有趕上的愛情是懷念，剛好趕上的愛情是埋怨。

哪怕如唐代著名詩人張籍的那句千古一嘆「恨不相逢未嫁時」，也虧得是妾身已嫁才能得此美句流傳千古；若是未嫁，只怕「恨不相逢未嫁時」就可能成了「此生何必曾相逢」。就像所有的童話故事的完美結局：「王子和公主從此過著幸福快樂的日子」，是因為故事剛好停在了這裡，劇情如果再往下發展，或許會看見一些雞毛蒜皮的小事就足以摧毀一段感人肺腑的愛情。

但世間的一切不可能都盡如人願，不斷地想著如果可以這樣就好了、如果可以那樣就更完美了；不懂得知足、觀照當下的心，縱使置身在一大片盛開的花園，最美的玫瑰也永遠是拿在別人手上的那一朵。看著別人手上的花，嘴裡唸著：「要是我再走快一點就能採到那朵花了。」

旅程中，總希望能一次就將四季的風光盡收眼底。在冬季的北海道想著夏天的薰衣草，在夏季的薰衣草園裡又想著如果可以在這片土地上滑雪該有多好；然而旅行看的應該是當下的風景，生活最重要的是照顧當下的心情。就像無門慧開禪師那首經典的詩偈：「春有百花秋有月，夏有涼風冬有雪，若無閒事掛心頭，便是人間好時節。」

人生沒有最好的季節，讓一切變好的只有專注在眼前的心念。

沒有發生的一切，所有的好只是一種趨向美好的想像，也沒有如果這樣或那樣或許會更好的可能。當我們的眼光只專注在所沒有的點上，心情必然是低落，就算擁有再多，也無法得到滿足與快樂。與其抱怨現狀，感嘆未能有更好的發展，還不如調整一下視線，將目光放在腳下，仔細看看自己此時所踩踏的台階，看看此刻身邊的景色，享受當下美好的片刻。

朋友分享過一個有趣的故事：農夫在田裡耕作時挖到了一尊黃金打

造的羅漢像，所有的人都以為農夫會從此過得很幸福；但他卻比以前更不快樂了，終日愁眉苦臉地哀聲嘆氣。旁人不解地問：「你都已經擁有了一尊黃金打造的羅漢像，此生已然無憂，還有什麼事情讓你不快樂？」農夫嘆了一口氣，幽幽地說道：「一般羅漢像不都應該有十八座，我在想那另外的十七座會在哪裡？」或許這是個笑話，但卻是最真實的人性。

順著小徑，一路走到哲學之道南端的盡頭，雪下得更大了。女兒拉起衣服上緄著毛邊的帽子戴上，肩膀、袖子上都覆了一層薄薄的白雪。「我餓了，我們去吃好吃的烏龍麵吧。」

也許真的都餓了，兩個孩子停下了剛才的接龍遊戲。我們慢慢地跟著香氣朝著那家知名的烏龍麵店走去。翻開琳瑯滿目的菜單，每一種看起來都非常美味，一時之間居然不知該如何下手。奈何我的胃只能裝得下一碗烏龍麵，於是各自點好了想要吃的餐點。上餐的時候，看到女兒點的烏龍麵裡面居然有炸蝦和看起來很好吃的豬肉，早知道就和她點一樣的餐點就好了。

不好喝的咖啡

午後的一場大雨，打亂了原本的計畫。開著車緩慢地遊走在武雄的溫泉街上。沿途不見往來熙攘的遊客，只有幾隻小花貓慵懶地躺臥在街邊店鋪前的花台旁；即使見到車輛經過，也懶得起身，不情願地微張厚重的眼皮、打量了一下，再張開大口打了個呵欠，起身伸了伸懶腰，換個姿勢又躺了下去。

時間，以一種極為平靜而緩慢的步調運行著，仿若動漫《神隱少女》當中未進入營業狀態那般安靜無聲的世界。

在一整排老舊的招牌中，發現了一家小小的喫茶店。門前的立牌上，用粉筆寫著各式各樣的餐點和飲品，看起來是一間帶著昭和風情的老店，決定暫緩腳步，到店裡喝杯咖啡再想想後面的行程安排。

掀開布簾，一個小小的矮櫃上陳列著許多生活用品。曝曬藥草在鍋裡燉煮，獨特的草本香氣瀰漫了整個室內。雖然是喫茶店，但整體的氛圍更像是懷舊復古的飲食雜貨店。

感覺在這樣的老店中，時間應該是緩慢而悠閒的，然而事實和我的想像不同。像是老闆娘的婆婆很快地送來了一杯冰拿鐵，順手在咖啡旁放下了一顆果糖球。印象中得需小火慢烘的鬆餅，也在三分鐘內神速地被送上了桌，這速度堪比時下時髦的速食店，甚至比得來速的節奏都要來得快。從點餐後回到廚房再出餐的速度，以及婆婆腳程所耗費的時間，可以想見的是這咖啡應該不怎麼樣。喝了一口，自我解嘲道：嗯，還好喝得出來是一杯咖啡。

再看看桌上的鬆餅，拿起手機順便記錄一下這趟旅程的點滴，隨相機快門喀嚓一聲，鬆餅上的奶油，沿著鬆餅的弧度向一旁滑去，就像滑過雪地的雪橇般，在鬆餅的表面留下了一道油亮的軌跡。

拿起叉子，將這即將逃亡的半殘奶油塊推回正中間。用叉子切了一塊放進口中，果然如預期般，既沒有香氣也沒有鬆軟的口感。此刻的心情就像叉子上鏤雕的微笑圖案，回應給我一個尷尬又不失禮貌的微笑。索性將它推到桌子的前端，用手機繼續搜尋著下一處的景點。

一邊看著手上滑動的畫面，心裡納悶著：看起來也有些年頭了，但是餐點如此平凡的店家為什麼可以撐這麼久呢？這樣的店，我應該不會再來第二次了。

正當疑惑之際，店門外走進來一位女客人，看上去有點年紀了，微微發福的身材，兩手提了兩大袋空豆（蠶豆），走起路來顯得有些吃力，一進門老闆娘就親切地和她寒暄起來。

女客人在靠近廚房的位置坐了下來，開口直接點了一杯咖啡，老闆娘轉身走進廚房開始準備咖啡，客人隨手將一大袋豆子放在桌上，就開始自顧自地剝起了豆子，自在得就像是在自家客廳。老闆娘送上咖啡後就停下腳步立在桌旁，將兩隻手撐在桌子上。於是這位女客人就開始一邊剝豆子一邊和老闆娘聊起了家常。老闆娘再順勢拉開一旁的椅子坐下來加入剝豆行列聊個沒完，坐在廚房裡的老爺爺偶爾也會出聲應和幾句。

這感覺不像是進到咖啡廳，更像是來到朋友家的客廳裡話家常。看到眼前這一幕，我關上手機的搜尋頁面，念頭一轉，突然覺得在這樣的地方喝咖啡其實也是一件很有趣的體驗。

無可取代的所在

或許是自己對於這家店的期待太高，它並沒有不好。主要的客人是附近的居民而非外來的遊客，人們來到這裡，並非是為了琳瑯滿目、品項交雜的各式飲品或餐點，而是一個可以悠閒話家常、一邊完成簡單家務的空間。

讓這對夫妻在這冷清的店面裡堅持下去的，或許也不是為了金錢，而同樣是因為「人」。不管客人或老闆，牽繫著彼此的是一份人情，他們都成為彼此生活中依存的緊密關係。想到這裡，突然覺得嘴裡的咖啡和眼前鬆餅的味道似乎也沒那麼糟。

原來自己一直從需求的角度來看這個世界。凡是自己喜歡的，就覺得它合理的存在；自己不喜歡的就提出質疑，懷疑它為什麼存在。

將近八十億人口存在的地球上，每個人都有著不同的喜好和需求，面對未知的新鮮事物時，我們通常只能獲得很片段的資訊，卻因為不夠了解而無法認同、且失去給予對方該有的尊重。這樣的小店對一個想要喝一杯好咖啡的客人來說，或許不是最好的選擇；但是對一個居住在附近、想要在日常裡有個說話對象的居民來說，卻是一個無可取代的所在。

不喜歡是因為不了解

我們總有著自己強烈的喜好，也習慣只用自己在乎的觀點來斷定好壞與存在的價值，往往僅憑一個點，就輕易否決所有的一切。**然而這些所謂的好與不好，只是在於我們的需求與認知的不同**。對於那些我們喜歡的事物，總希望它能愈多愈好，對於我們認為不好、不喜歡的一切，則希望它最好能夠消失。

就像對某些人來說，香菜是一種可怕的東西，哪怕只是遠遠地瞧見便足以令人退避三舍，但在喜歡香菜的人眼中，卻是許多佳肴裡不可或缺的元素；惱人的蚊子是所有人見之必除之而後快的，甚至犧牲整晚睡眠、滿屋追逐都只為和牠一搏生死，非要拚個你死我活，一手血腥方得心滿意足才肯罷休，儘管牠如此惹人生厭，但牠的幼蟲卻是魚類口中的美味，是生物鏈中重要的一環；而餐桌上惹人厭煩的蒼蠅，可是扮演了分解環境中責任重大的底層清潔工；就連令幾乎所有女性聞之色變的地表最可怕生物——蟑螂，在醫學上也有著許多奇異的功效……諸如此類的例子在我們的生活中不勝枚舉。

如果，造物者讓每一個人都可以對世間一切事物的留存與否，進行一次自我主觀的選擇，讓一件無用的物品甚至是人消失在這個世界上，可以預見的是，到最後這個地球上將一無所有。因為在我們眼中有用的一切，在別人的心裡卻可能是毫無存在意義的。很多時候，「不喜歡」是因為我們不了解，沒有存在的必要，只是因為我們沒有需求。

一個人能力再強大也改變不了他人的喜好、更翻轉不了這個世界。愈看這個世界不順眼，只會讓自己變得更不快樂，所以應該要調整的是自己的心態。

喝著手中這杯淡淡的咖啡，告訴自己，**不要以個人的喜好妄下論斷，不要僅憑表面就對眼前的一切做出判斷，更不要輕易地批評什麼應該存在、哪些應該消失**。時間是個篩子，自然會過濾掉那些不該存在的東西，用平常心來喝這杯咖啡，就會覺得，其實也並非真的那麼糟。

校車與囚車

小倉一處僻靜公園前的十字路口，公車站牌前只有我一個人在等車。對面路口幾個剛放學的小學生，有秩序地站在號誌燈前等待綠燈。不像台灣小學排著長長的路隊，也沒有印象中孩子們放學後在路邊興奮地追逐嬉戲，只是三三兩兩安靜地低著頭走在人行道上。偶爾轉頭交談，彼此輕聲點頭回應，帶著一種成熟且從容的步伐，完全不像剛下課的孩子，倒像是剛下班的迷你上班族。

公車緩緩地靠近站牌，刷卡上車後，車廂裡坐滿了剛放學的小學生，看見這滿車學生服的景象，一時之間還以為自己誤上了哪個學校的校車。車內出奇地安靜，每個孩子只是靜靜地坐著，幾個看似剛剛開始坐公車通學的孩子，興奮地望著窗外的景色並輕聲交談著，雖然音量不大，但車廂裡瀰漫著一種輕鬆愉快的氛圍。

車子行經了一小段路，在下一個站牌前停了下來，一個中長髮年輕女子上了車。女子上車後，面無表情地環視了一下車廂，見座位上都坐滿了孩子，於是在入口的立柱前站定了腳步，雙手交叉在胸前，低頭靠在扶手上轉身向前，兩隻手臂露出了顯眼的刺青。從髮間露出的右肩上，隱約可見女子臂膀也有著滿滿的刺青。

原本輕鬆的氛圍突然有了一些改變，孩子們默契似地將目光都投向了那個女子。或許是感受到了關注的眼神，女子回頭向後望了一下，隨即又將目光轉向前方。車上瞬間陷入一片嚴肅的靜默，大家雖然低著頭但眼光還是不停飄向那個滿是刺青的女子。女子右後方一個戴著眼鏡胖胖的小男孩，眼神中更是帶著一絲絲的驚恐。

公車又行經了幾個路口，一個小女孩伸手按了一下車鈴，在下一個路口停下車時，幾個孩子站起身來，小心翼翼地繞過女子身旁。小女孩右手拿著一個粉紅色的提袋，左手緊緊地抓住裙角，謹慎地走過女子的身邊，在車前駕駛座旁的刷卡機刷完卡之後，再次轉頭看了一下女子，然後鬆了口氣似地飛快下了車。

幾個孩子下車後，女子又轉頭瞄了一眼車廂。後方一個高年級的姊姊迅速將手搭在鄰座妹妹的肩上，兩人緊緊地靠在一起，低頭用餘光看著眼前的女子，好像在擔心妹妹隨時會被女子抓走一樣。女子面無表情地環視車廂座位一周，依然只是放空望著前方，右手撥弄了一下頭髮，露出更多的刺青。我從旁看見了孩子們展露的恐懼，一整車原本愜意悠哉的孩子，瞬間就像是被禁錮等待押送的小小囚犯，覺得這真是非常有趣的一幕。

車子開進終點站時，也許是因為有些孩子剛開始搭車通學的緣故，窗外許多家長與學校的老師早已在站台前引頸期盼。車門開啟後，車上的孩子卻依舊動也不動地坐在座位上，女子抬起頭，帥氣地刷完下車卡後就頭也不回地走進車站，孩子們這才快速地起身魚貫走向媽媽和老師的身邊。

人不可貌相

搭上了回程前往小倉的電車，望著滿車乘客，男女老少高矮胖瘦穿著打扮各有不同。回想起剛才公車上的情景，對於未知及陌生的事物總是容易讓人感到恐懼或厭惡，特別是與某些不好的形象有所連結時。在那些純潔、幼小的孩子們眼中，滿手刺青且面無表情的女子就是一種壞人的表徵。所有的好壞似乎都有一定的標準。

日本朋友曾分享過一則關於著名僧人一休宗純的故事。京都富商高井差人登門請一休大師為其亡父舉行忌日法會，大家原以為高井為富不仁的形象，一定會遭到推辭婉拒，沒想到大師竟是一口答應。

約定當日，大師穿著一身襤褸僧衣上門拜訪高井家，在門口卻受到僕人的千般阻撓，甚至拳腳相向。吵鬧的聲音引起了高井的注意，經人回報是一名窮酸的僧人造訪，於是命人將其驅趕，一休大師便轉身離開。又經過一段時間，富商見大師久候不至便差人再請。一休大師換上一襲紫衣金襴再次登門，立刻就受到富商家熱情盛大的接待。而大師則是站立在門口，說什麼也不願走進門內，只淡淡地說了一句：「我不屬於這個地方，不便入內。」

「師父既然都來到門口了，為什麼不願意進到佛堂？」富商不解，於是開口問。

「我剛才穿著普通的僧衣前來拜訪，不僅受到了驅趕辱罵，甚至挨打。現在我穿著華麗的僧袍上門，你們就待我如上賓，因此你們尊敬和需要的並不是我，而是這一身華麗的僧袍，所以就讓這襲華麗的僧袍為你的亡父做忌吧。」說罷便脫下僧袍置於富商門口，轉身揚長而去。

好壞如何判準

對於眼前的一切事物，人們總習慣依照第一印象做判斷。從身上的刺青評斷一個人品行的好壞、從衣著光鮮與否來論定他人的能力、從臉上笑容的多寡分辨他人內心的良善。視覺是人體五感中占比最大最強烈的一部分，因為眼睛對於外在一切資訊的獲得最直接、快速，最容易做出反應，卻最容易受到欺騙，所以自古就有了「以貌取人」這樣一句成語。也因為有了先入為主的觀念，才會經常在某些事件發生的時候聽到，「他看起來不像這樣的人」或「他看起來就是這樣的人」。

當我們單憑眼睛看外界的時候，往往忽略了自身是用什麼樣的心態來看世界。忘了自己是否站在一個持平的角度來面對和整理所接受的訊息，畢竟眼睛是用來接收訊息，而不是分辨好壞的器官。因此在看待這個世界的同時，更應該靜下心來看待自己，用正確的態度看待他人，用誠實的心態反觀自己的內心，多花時間觀察，用大腦冷靜地分析再做判斷。不被外在的形象所影響，仔細地觀察一個人的言行。

單憑第一印象所分辨的好與不好都只是一種虛象，是一種由個人內在心鏡所反照的喜愛或厭惡。同一朵花在高興時，覺得它盛開得特別美麗，心情不佳時則可能覺得平凡無奇；同一片藍天在開朗愉悅時，覺得透徹清淨，低落失意時卻覺得無比空虛。

當我們再度透過外表來評論一個人善良、可怕或厭惡時，適時地檢視自己的狀態，不忘提醒自己正以一種不客觀的態度看世界、以外表評論一個人的好壞。如果能靜心觀照一切並自察內在的自我立場，或許所看到的世界也將會有所不同。

我是老虎

媽媽帶著兩個女兒在貨架前挑選晚餐的食材。

「我們今天一人選一道菜。你們想吃什麼呀？」

「我想吃奶油玉米。」小姊姊開心地跳著說。

「馬麻，我想吃泰式烤雞。」小女兒也伸手指著冰箱裡分切好的雞胸肉。

「好呀，那再準備奶奶的悶茄子和爸爸的煎魚，煮一個你們喜歡的酸辣湯。」

「可是馬麻還沒選自己喜歡的菜呀？」

「這樣的菜夠多了，今天就這樣。」

兩個小女孩又拿了架上的布丁和蘋果汁，開心地往結帳櫃檯走去。

這是在每個超市裡都能看到的日常，並沒有什麼特別之處。但不管場景切換成哪裡，在成為媽媽的女人口中，永遠都是「你們要什麼呀？」、「我這樣就夠了」、「你們喜歡就好」。相較於男人，女人似乎天生更有犧牲奉獻的精神，未出嫁時，為了父母、兄弟姊妹付出；結婚後為了老公、公婆、小孩付出。

有人說：「男人是家裡的天，女人是家裡的地。」天無所不覆蓋，所以家中的大小事情男人都要關心與保護；地無所不包容，所有的情緒都丟給媽媽或老婆，不久之後會被消化地毫無影跡。這也足以說明為何女人在婚後比較容易發福的原因，畢竟什麼都要包容，體積豈有不變大的道理。當中不只生活的負面情緒，也包含了許多家庭中的甜蜜，總之女人變胖有理，關於這點毋庸置疑。

問自己「我要什麼？」

疫情前在京都辦了一場名為「一人、二人、三人茶」的展覽。除了作品，主辦方每天都規劃了幾場小型的茶席，讓我盡可能地跟來參加的客人有交談的機會。聊到喝茶，幾位太太紛紛感慨自己的時間幾乎都是為了家人而忙碌，根本沒有時間好好地喝一杯茶。我問她們：「如果醫生突然宣佈你的生命只剩一天，仔細回想，這一生都是為了別人而忙碌，會不會後悔？」她們都不約而同地搖搖頭。

我問她們：「為什麼？」

「因為他們都是我最愛的人。」

「換個問法，會不會有遺憾？這一生都為了自己所愛的人忙碌與付出，卻未曾好好地善待自己。不曾帶自己聽場音樂會、看一場雪，甚至只是好好地喝一杯茶或咖啡？」

她們若有所思，沉默微笑地點點頭。

我們經常問身邊的人：「想要什麼？」卻很少靜下心來好好問自己：「我要什麼？」隨著別人的期望，不知不覺出現各種有形無形的約束和規範，在有限的框架中隨波逐流並習慣於這樣的生活狀態。

我們可曾停下腳步看看自己活成了什麼樣的人生？這樣的生活模式是我們真正想要的，或只是在滿足別人期望下的「這樣也沒什麼不好」、「其實這樣也可以」。

長時間過著只在乎他人期望與感受、自己稍微犧牲一點也無所謂的「無意識生活」，或許等到有一天突然意識到自己內心真正的渴望，迎面襲來的將會是更強烈的落寞與孤單。

一年三百六十五天的日子裡，能夠二十四小時一直陪伴著的其實只有自己，我們是否想過要善待自己。每一個人都以為最了解自己，但我們可以輕易地向朋友口頭描述另一位朋友的長相，但卻很難對著別人用口語的方式來介紹自己。

或許有過這樣的經驗：當注視著鏡子裡的自己一段時間後，竟會發現鏡中的臉龐居然有點不太熟悉；明明是每天都會看到的面孔，為何當下感覺又是如此陌生？如果對於鏡中朝夕相望的自己尚且生疏，更遑論內在那個從來不曾仔細面對的自己。

老虎不就是我嗎

一天，一隻從小在馬戲團長大的老虎溜出了籠子，路上的行人看到以後都大聲驚呼：「老虎來了！老虎來了！趕快跑啊！」老虎一聽，感覺好像有什麼可怕的東西來了，於是在大街上奔跑了起來。大家看到老虎在身後追逐，更是嚇得四處逃竄。人們不斷地往後看，老虎也不停地回望身後，到底是什麼可怕的東西讓所有的人如此驚慌。跑了一段時間之後，老虎心想：「他們嘴巴裡面不斷地驚呼『老虎來了』，老虎不就是我嗎？那我為什麼要跑？」一想到這裡，老虎停下腳步，坐了下來，所有的人也才終於跟著停下腳步。

每個人都可能是這一隻老虎，但自己同時卻也可能是那個手持教鞭的馴獸師，將自己的靈魂困在一座無形的牢籠。這座牢籠可能是一份責任或道德的框架所形成的制約，長期待在這樣一個環境裡，逐漸忘了自己是誰；而在某個驚醒的時刻，才意識到自己想要的究竟是什麼。

許多人在孩子長大離家後，面臨空巢期頓時覺得生活失去了重心，所幸還有一份工作可以忙碌著，分擔一下自己的注意力和突然多餘的時間；卻又在退休後徹底地失去了生活的目標，飯也吃不下、覺又睡不著，於是很快地身體便出現了各種退化毛病。這是因為，將自己的人生都活成了別人的期待或自己認為「應該的樣子」，而不是「自己想要的樣子」。

茫然活在各種無形條件下所圈成的森林，而忘了自己是一隻老虎。

了解自己很重要

一個不了解自己的人是痛苦的。儘管生活看似過得不錯，卻因為不了解自己而無法好好地與自己相處。也無法感知身體所承受的壓力和生活中痛苦的來源，其實只是因為太過壓抑，非要等到身體或情緒出現了很大的問題，才能意識到自己已經承受不了，卻也無力改變。

了解自己的人，會知道沒有人是完美的。每個人都有缺點，因此不會為自己的缺點或不足而感到自卑，可以更自信地與他人相處。了解自己的人，會允許自己偶爾有點任性，讓自己過得更開心。會知道自己內心真正的渴望，會適當地滿足自己內心的欲望。

人生有太多的事情需要思考，我們都不是哲學家，要探討的並不是「未曾生我誰是我？生我之時我是誰？」的佛門要義，更不是笛卡兒「我思故我在」的深刻哲思或莊周夢蝶的虛幻轉折。

或許偶爾也該靜下心來問問自己：「我要什麼？」、「我想做什麼？」一次任性的單獨旅行，帶自己去看看那片一直想看而未能成行的風景，喝杯咖啡、好好欣賞外面世界的藍天白雲。暫時放下工作、家庭、親人、朋友，或許一點小小地改變，就能讓自己活得更開心。

御神木

幸福在哪裡

陪著小外甥女在客廳裡看卡通。

畫面中主角的爸爸對著妻子說：「很抱歉，我努力地想要給你們幸福，但是好像還是做不到。」

妻子聽完笑著伸出雙手，攤在丈夫的面前說：「你看，我的手就這麼小，裝不了太多的東西，如果裝得太滿就會從我的指縫中流出去，現在這樣，我很滿足了。」

雖然只是卡通的劇情，看到這一幕還是讓我心裡泛起一絲溫暖。但也延伸出疑問，幸福的定義究竟是什麼呢？

快樂並不等於幸福

背負沉重升學壓力的學生說：「不用上課就是幸福。」上班族說：「每個月的業績順利達標就很幸福。」或是「拿到超乎預期的年終獎金就是幸福。」家庭主婦說：「不需要照顧孩子和老公，可以悠閒地喝杯咖啡就很幸福。」還有人說：「中樂透很幸福」、「退休很幸福」、「幸福就是和家人相處在一起」，林林種種對於幸福的解釋，精確地來說應該稱之為快樂。快樂的確可帶來幸福的感覺，但卻並不是幸福的代名詞。

如果幸福只是某種欲望的滿足，那麼人們口中所謂的「幸福」其實大多都不難實現；但為什麼還是有那麼多的人在擁有之後，卻感受不到幸福，甚至覺得生活就是一種痛苦？

當欲望得到滿足時雖然可以帶來短暫的快樂，同時卻也陷入另一種無聊的困境與束縛。因此人們經常對於自身渴求的物質或狀態感到不知足，卻又對於自己已經擁有的一切不知道珍惜。

一個朋友渴望有朝一日能買下一輛進口的豪車，他說：「如果等我哪天可以買到心目中理想的車子，帶著家人出遊一定很幸福。」交車的那天，他甚至流下了眼淚，幻想每到假日就開車載著妻兒四處賞玩，那臉上的笑容簡直就是幸福指數的高標。

一年後再見到他，臉上沒了當初剛買車時的幸福笑容。「我覺得開這輛車其實好像也差不多，而且每次出門都提心吊膽，再也不能像以前那樣輕鬆開車欣賞沿途的風景，得時時注意車況。因為開車時情緒太緊繃，不能再陪著孩子一路說說笑笑，也經常跟老婆發生口角，常常是開開心心出門最後吵吵鬧鬧回家，所以她們現在也不喜歡跟我出門了。」

出乎意料地，朋友的幸福來得這麼突然，沒想到居然也結束得這麼快。好奇地問他：「你都買得起這樣的豪車了，也沒差那一點維修費吧？」他嘆了一聲說：「不是錢的問題，是面子問題，大家都開一樣的車，不小心撞了會被笑的。」聽完朋友的話，我暗自在內心竊喜，還好我買不起這樣的豪車，所以不用擔心這個問題。

而另一個朋友，領著固定的薪水，一個人租了一間小小的房子，在他人眼中就是個平凡的上班族。一次聚會中，她說：「我常常覺得可以像現在這樣已經很好了。」她說這句話的時候，臉上的表情淡淡的，帶著一抹淺淺的笑容，卻讓我聽了很感動，或許這才是真正的幸福。

擁有比需要的更多

曾聽過一則有趣的故事。偏僻的小漁村裡有個窮苦的年輕人，有一天在岸邊撿了一條破舊的小船。努力地修補之後，終於可以出海打魚。他每天開心地唱著歌出海打魚，即使一無所獲，下了船依舊開心地邊走邊唱著歌，總是一副快樂的樣子。

岸邊的別墅裡住著一個魚販，每天辛苦工作。回到家後，總是忙著算計賺了多少錢、丟了多少貨，整天愁眉不展。經常擔心魚價的漲跌，根本不知道什麼是快樂。魚販夫妻聽見年輕漁夫快樂的歌聲，覺得非常羨慕，同時也感到困惑嫉妒。心想，為什麼我擁有這麼多卻不快樂。年輕漁夫明明一無所有，卻每天都過得這麼開心？

魚販決定要找出原因，想辦法讓年輕漁夫也過得不開心。於是偷偷在他的小船上放了一塊金子。漁夫回到小船上，一眼就看見這塊金燦燦的黃金，簡直不敢置信，四處張望確定無人之後，認為這一定是老天爺同情才送給他的禮物。

年輕漁夫看著這塊金子，想著很快就可以換掉這條破船，每天都可以捕上一堆魚，然後再買更大的船，多雇幾個漁夫為他去打魚，他很快就可以變成富有的人了。漁夫想了一整個晚上，想到都沒有心思唱歌。他賣了小船和金子、又借了一些錢，買了一艘更大的船，也扛下了一大筆債務。強大的壓力下，他再也感受不到快樂，而過去天天歡唱的歌聲再也不曾出現。

魚販的老婆問：「你是怎麼讓他變得不快樂的？」

魚販說：「我只是讓他擁有比他需要的更多而已，引發了他的貪欲，他就再也沒有辦法像以前那麼快樂了。」

一旦生活中沒有了快樂，自然也就更談不上幸福。

幸福是向內尋找

如果在腳下堆起的「快樂」是通往「幸福」的階梯，那麼「知足」

就是通往「幸福」的直達電梯。

有人說：「人生就是要勇敢地追求自己的幸福。」但只要一個人還在追求幸福的路上，他就永遠得不到幸福。因為追求幸福的人某種程度上就是在填補欲望，一分的欲望就會帶來一分的痛苦；一次欲望的滿足又將自己向下一個欲望推進一步。追求的過程中，所有的焦點只會聚焦在還未能擁有的一切，如此循環之下，所謂的幸福就像是綁在驢子背上那根竹竿上的紅蘿蔔，永遠都近在眼前、卻也遠在天邊，不斷地鼓舞著自己前行，直到將所有的體力耗盡，才發現眼前的一切竟只是一場虛幻。

每個人都在努力地追求屬於自己的幸福，但最重要是究竟該如何定義自己想要的幸福。

有人說：「幸福就像一隻蝴蝶，你愈追牠，牠就愈會躲你。但如果你把注意力轉移到其他事情上，牠就會在你的肩膀上輕輕地停留。」幸

福不是只靠追求，更應該是用心感受；感受當下的感動，珍惜自身所擁有的一切。

幸福是向內尋找，不是往外追求。

幸福不是手上戴著昂貴名錶，而是空著的手有人牽著；不是難以預約的大餐，是在街邊小攤上朋友的陪伴；不是兒女上值得炫耀的名校，是下課後可以一起玩笑嬉鬧；不是住在令人稱羨的黃金地段，是有人等著你回家的溫暖；不是走遍世界各地，是無論到哪裡都能跟喜歡的人在一起。

幸福是氣餒的時候有人為你打氣，是孤單寂寞的時候有個對象可以說愛你。

幸福在哪裡？就在用心感受生活的每一刻裡。

斷頭花

齋藤是個熱愛茶道的朋友，在自家的老宅旁修建了一間小小的茶室。趁著展覽的空檔，幾個朋友一起拜訪了齋藤。

走到齋藤的茶室前，立刻被門前絢麗綻放的茶花吸引。葉面上的水珠反射著陽光彷彿一顆顆晶瑩剔透的珍珠，灑落在小小的綠盤上。我轉頭問齋藤：「茶人是不是都特別喜歡茶花？在我拜訪過的茶室前面總能看到各種不同的茶花。」

齋藤說：「那可不只是單純的喜歡，更是有特殊寓意的喔。因為不是所有的茶花都能結出果實，就像這朵茶花的花型這麼巨大，細小的枝條根本無法承受這樣的重量，在最盛開的時候，只要一陣風吹來或是稍稍晃動，它就會墜落了，而且什麼都不留，甚至看不出曾經有一朵花掛在枝條上的影子。早期的武士用這樣的方式來提醒自己處世必須小心謹慎，不要以為自己功成名就或身居高位而不可一世。一旦犯了重大的錯誤隨時可能就會像這茶花一樣斷頭。」

聽完齋藤的說明，再轉頭看眼前的茶花時，又有了不同的感受。原來門前的這幾株茶花還有如此深刻的意涵。當獲得一定的成就與地位之後，容易讓人不知不覺在許多的掌聲與讚譽中迷失而忘卻初心，態度不再圓融、謙和，身段也不再柔軟，如此一來與人的摩擦就會變多，也容易為自己招致不可避免的災禍。透過每天對花的省思，就像一種借花諭人的方式，確實是很好的學習。

用心感受每一個當下

在和齋藤的談話間，腳邊恰巧落下了一朵茶花。潔白似雪的花瓣全然地綻放，中間花心的部分也才剛剛打開，每一個花瓣的交錯之處潔白沒有變黃，說明這朵花是在它生命最盛的一刻墜落。

撿起這朵花拿在手上的確很有分量，沉甸的不只是花本身的重量，更是承載著時刻以自身的墜落來提醒茶人的沉重。低頭掃視了一下花圃的下方，卻不見其他斷頭落地的茶花，齋藤笑著說：「茶會開始前，為了表示對客人的尊重，必須將環境整理乾淨，也會對門前的植物和石頭灑水，讓它們看起來更有精神。」一番話又讓我見識到朋友待客之道的細微處。

彎身鑽進一旁茶室矮小的入口，小小四疊半的空間裡有淡淡的木頭香氣，伴隨著榻榻米的草香。陽光穿過樹梢灑落在窗邊的榻榻米上，幾束光線斜斜落在牆上的掛軸，朋友解釋著軸上四個書法大字說道：「所有的相遇都是『一期一會』，就算再現同樣的場景也不會是同樣的心情，所以更要珍惜每個相處的當下。」

齋藤示意請我先吃下眼前精美的和菓子，用楊枝切下一小塊放入口中，一股甜蜜的滋味在口腔裡慢慢化開。齋藤優雅地拿起柄杓，在水釜上舀起一勺水，緩緩地加入茶碗中；再將柄杓復位時，那右手掌攤開將杓柄置於虎口，抬手再放下的畫面，讓我的心情也跟著安定了下來。隨著茶筅在碗中快速地來回前後撥動，在安靜的氛圍中，細小的竹枝在茶湯中快速擊拂穿梭的聲響劃破了寂靜，就像涼風襲來，一股由內而外的清涼讓躁動的情緒也被撫平。

不多久綠色的茶湯就在碗裡激起一層白色浮沫，均勻而細緻。在最後的收筅動作時，齋藤用手將茶筅往右輕輕地拿起，白色的浮沫形成一個微微的圓弧就像一顆水珠滴落水面的慢動作畫面，微微地隆起後緩緩地平落。

齋藤端起茶碗，將茶碗輕輕地放在左手掌上，用右手將茶碗的正面轉向我，放在我的座位前。接過茶碗後，聞到淡淡的茶香中還有一絲絲幽微的奶香。細細品飲著碗中這三口半的茶湯，感受著這僅用嫩芽製成的茶粉，香氣和甘味竟能如此迷人，入喉後使人有全然放鬆的感覺。彷彿在齋藤的茶筅下展開的不是茶粉，而是這個在忙碌工作和各種壓力下如球型茶葉捲曲許久的自己，也難怪幾百年來抹茶一直受到喜愛，文化得以不斷地流傳。

義無反顧的美麗

我用大拇指和食指，輕輕地抹去剛才喝茶時在碗口留下的痕跡，將茶碗正面轉回放到座前。

抬頭看見齋藤身後的小花器上插著一株半開茶花，再看看旁邊的掛軸上「一期一會」四個大字，回想起齋藤在進到茶室之前說的那一番話，一朵茶花不問結果與否，卻依然努力地盛開；如果努力不一定會得到相對應的回報，我是不是也會如茶花般全心地綻放自己？

或許應該說，當茶花在綻放的過程中，其實並不會去考慮是否能夠結果實。它只是順應季節本能地盛開，不為結出果實、不為蜜蜂、不為蝴蝶，更不為親手栽下它們的人類；就只管盡情地釋放內在的能量，用它最美的樣貌，為這個世界留下一片短暫而美麗的風景。

這個世界就是有這些義無反顧的生命才顯得美麗。生命只有一次，如果凡事都只考慮到失敗的可能，就無法好好享受過程中的一切。人生終有盡頭，就該趁活著的時候努力地活得精彩；也正因為在生命中所遭遇的一切都無法重現，更應該把握每次的機會，用盡全力地展現自己。

我們都喜歡仰望黑夜中的煙火，只因它絢爛耀眼。**人生也如同煙花，**

只要努力高飛，就算不能在天空中綻放出最美的光彩，也能在夜空中留下一道璀璨的光影，就像一顆劃過天際的流星，即使短暫卻閃亮炫目，如此也就不枉走此一回。

走出齋藤的茶室，茶花樹下又多了幾朵斷頭落地的茶花，再次撿起一朵茶花，仔細感受它生命的重量。也許美麗不再，逝去的一切不再回來，但它努力綻放的過程，卻帶給我許多的體悟與深刻的感動。

時刻提醒自己擁有的一切隨時可能消逝，要用更謙卑的態度看待身邊的一切，不要等面臨了無可挽回的地步才來反悔；很多事現在不做，或許將來就再也沒有機會。有些事、有些人一旦錯過就無法重來。不管結局如何，毋須顧忌，就像手上這朵茶花一樣，在走到終點之前全力地綻放自己，毫無保留地創造一段精彩無悔的人生吧！不管成功與否，至少我盡全力努力過，無怨自然也就無悔。

後記

為自己而寫

小時候常常會想「五十歲是什麼感覺呀？」如今年屆五十，猛然再想起這個問題，答案是「沒什麼感覺。」

就像坐上一輛觀光巴士，看著地圖上標示了前方一個名「五十」的中繼站，感覺是個很特別的地方，想像著它有著什麼特別壯麗的風景或寬闊的視野。但一路上平平淡淡地看著窗外的四季流轉，到站後發現好像和「三十」、「四十」相比，也沒什麼特別的不同地方。一路開心地乘著車前行，經常忘記自己身處何方。好在也無須擔心忘卻自身處境，因為車上播放的音樂，和「偶爾掉在案前的銀絲白髮」、「逐漸模糊的老花眼」以及「不時痠痛的老腰」，都隨時提醒著我已經來到了這個中繼站。

人生列車和一般觀光列車最大的不同是，沿途的走向和風景是自己決定的，既是司機也是這輛車上唯一的乘客。有人喜歡將車開上荒野，享受開疆闢土的孤獨感；有人喜歡在繁華的都市裡流轉，穿梭在熱鬧的街市之中，享受街燈的五彩斑斕。我則喜歡遊走於繁華與山間，平順也好、喧嚷也好，慢慢地感受著經歷的一切，一步步緩緩向前。

去年，旅程轉了一個小小的彎，出版了第一本書《七號錐倒了》，和大家分享我做陶二十幾年來的心得和在陶土中發覺的一些感動。

新書上架的第一週，幾乎每天都拿著手機查看網路書店的排行。一天下午朋友打來電話，略帶哽咽地告訴我在書中感受到了文字的溫暖；那一刻我突然驚醒，自己過於在乎那些表象的數字。寫作的目的並不是為了期待自己能夠成為一名暢銷書作家，而是能將生活中的更多感動與朋友們分享。哪怕我的文字只能溫暖少部分的人，對我來說已經是很有意義的事。從那一刻開始，我不再關心銷售數字變化，也告訴自己，應該繼續寫下去。不只是為了出書，更為了記錄自己一路走來的風景。

閱讀是一種能量的補充，而寫作則是自我的反思與對話。透過寫作，我彷彿能夠更清晰地看見自己，於是我愈來愈喜歡寫作，就如同我當初遇見陶土一樣的喜歡。

很多朋友好奇，平常忙於工作的我，為什麼還有空寫作？寫完上一本書之後，利用工作的空檔書寫已經成為一種習慣。特別是夜深人靜，一人在案前獨坐，手指敲擊鍵盤所發出的聲音，就像雙手按壓琴鍵時發出的旋律，這首曲名叫「心聲」，可以讓疲累的身體和心情都得到了放鬆，整晚沉醉於這樣的氛圍之中，直至大地的燈箱微微地亮起，窗外的山邊逐漸地顯露出輪廓，方才甘心停筆。

有了上一本書的經驗，加上出版以來許多朋友的回饋與鼓勵，也給了我更大的信心。

這本書中的許多文章，是我年初走訪日本九州的隨筆，原本只是想記錄下此行的所見與感動，順便練練筆，暗想或許哪一天也能有機會出版。一日韻芬姐打來電話，說有位出版社的朋友介紹給我認識，順便談談合作的可能。當天的會面相談甚歡，於是便確定了接下來的合作。動筆之初，感覺還是停在上一本書的氛圍感中，畢竟自己並非一個專職的作家，在寫作的這條路上還在不斷地摸索。然而隨著一篇篇文章的完成，似乎也從文字當中慢慢地看見自己內心的輪廓。

副總監靜婷說：「想寫什麼就寫，不需要顧忌太多。關於字數也毋須顧慮，把想說的話說完就好。」這句話給了我更大的空間與鼓勵，既然寫作是為了自己，是把心中所想的事情完整地表達，我就試著更忠實地書寫自己內心的想法。

川島豆腐店的婆婆、公車上放學的學生、茶室前的茶花或那個沒有手的年輕人……透過書寫再次將記憶拉回那個深刻的當下，提取自己最真實的想法與感動。沒有可以賣弄的寫作技巧，不灑狗血，不迎合任何人，這就是我，一個很平凡、但用心感受這個世界的我。

希望這些生活中的小事、簡單的文字，也能帶你一起慢下腳步，並將我所感受到的溫暖傳遞給你，一起感受身邊事物所帶來的感動。

這本書即將出版了，但我的腳不會停，筆也不會。

小孩長大了，生活壓力也不再壓得自己喘不過氣。我要帶著自己去看更寬廣的世界，用筆記錄下沿途所見的風景，和一切的喜怒哀樂。

有人說：「每個人心中，都會有一個古鎮情懷，流水江南，煙籠人家。」

但我說：「旅行不是為了未曾到過的遠方和美景，而是更貼近自己最真切的心。」

寫完這一篇後記，第二本書終於真的要寫完了。

五十歲，就這樣，沒什麼特別的感覺。這本書就當送給自己的禮物。一定還會有朋友問：「出第二本書是什麼感覺？」關於這一點，我可以很清楚地說：

「只有感謝。感謝這一切，感謝所有的遇見。也期待更多的遇見。」

新人間叢書（四一三）

沒有最好的季節，轉個念一切都是剛剛好

作　者—林永勝
圖片提供—林永勝
編輯副總監—何靜婷
主　編—尹蓓芳
封面設計—江宜蔚
內頁設計—栗子
排　版—栗子

董事長—趙政岷
出版者—時報文化出版企業股份有限公司
一〇八〇一九臺北市萬華區和平西路三段二四〇號
發行專線—（〇二）二三〇六—六八四二
讀者服務專線—〇八〇〇—二三一—七〇五・（〇二）二三〇四—七一〇三
讀者服務傳真—（〇二）二三〇四—六八五八
郵撥—一九三四四七二四時報文化出版公司
信箱—一〇八九九臺北華江橋郵局第九九信箱
時報悅讀網—http://www.readingtimes.com.tw
法律顧問—理律法律事務所　陳長文律師、李念祖律師
印　刷—勁達印刷有限公司
初版一刷—二〇二四年四月十二日
定　價—新臺幣四二〇元
（缺頁或破損的書，請寄回更換）

時報文化出版公司成立於一九七五年，
一九九九年股票上櫃公開發行，二〇〇八年脫離中時集團非屬旺中，
以「尊重智慧與創意的文化事業」為信念。

沒有最好的季節，轉個念一切都是剛剛好/林永勝著.
-- 初版. --臺北市：時報文化出版企業股份有限公司,
2024.04　280面；14.8x21公分. --（新人間叢書；413）

ISBN　978-626-396-042-8（平裝）

863.55　　113002758

ISBN 978-626-396-042-8
Printed in Taiwan